中公文庫

犬の人生

マーク・ストランド
村上春樹訳

中央公論新社

目次

犬の人生

更なる人生を

More Life

何年か前のことだけれど、僕はビジネス・スクールを出て以来ずっと勤めていた証券取引会社を辞めた。そしてすぐそのあとでメインにいる友だちを訪ねた。彼はトマストンのちかくにサマーハウスをもっていたのだ。

着いてから何日か、雨が降り続いた。家の中の何もかも湿った匂いがしたし、外の風景は水気を含んで暗かった。僕はがっかりして、気持ちも沈んだ。もうこのまま帰ってしまおうかとさえ考えた。でもある朝目を覚ますと、薄くちぎれた雲がいくつか、頭上を速いスピードで流されていくのが見えた。それが悪天候の終わりだった。太陽が顔を見せ、湿気は消えた。お昼前には、混じりけのない、底抜けの青空が広がっていた。

午後の遅く、僕と友だちは散歩に出ることにした。家の西側にあるいくつかの低い丘に沿って、野原がつづいていた。一方を海に、もう一方を不揃いな松の並木に区切られた開けた土地を、ふたりで肩をならべて歩きながら、父のことを考えた。父は物書きで、僕がまだ小さいときに、家族をつれてニューヨークからメインに引っ越してきた。彼は三十代の後半だったが、それまでに二冊の小説を発表しただけだったし、どちらもあまり評判にはならなかった。そして三冊めがなかなか書き出せずにいて、そのうまくいかない原因は、なにかとせわしない都会生活にあると決めつけていた。そんなわけで、僕らはメインに移ったのだ。僕と母はときとして、とりわけメインに引っ越してきた最初のころには、父のもつエネルギーに魅了されたものだ。彼はパンツ一枚で僕らの前をのしのしと歩きながら、ラブレーの一節を読み上げ、僕らに大胆さや、熱情や、見せかけについての教えを与えた。彼はまさに権威だった。読書用眼鏡の上から鋭い視線を放ち、人差し指を頭の上で振りまわしながら、不確実性と曖昧さと絶望の支配性についてとうとうと説いた。彼のボクサー・ショーツはふくらみはじめたお腹の下から始まり、膝のすぐ上のところで終わっていた。ふくらはぎはとても大きかったけれど、毛はまったくはえていなかった。そして足首は、まるで女の人みたいに細かった。彼ののしのし歩きは、言葉という音楽にあわせたダンスのようなものだった。母と僕はふたりで並んで大きな椅子に座り、うっとりと聴きほれ、良い気持ちになったものだった。

でももっとあとになると、父の足どりは苛立ちと、積もりゆくフラストレーションをむき出しにすることになった。彼は書きかけの小説を放棄して、つぎの作品にとりかかろうとしていた。でもそれがどうにもうまくいかなくて、うまくいかないことを、メインの静かで刺激のない環境のせいにした。退屈さが彼の神経を苛立たせた。私の中で一瞬一瞬が肥大し、一時間一時間が引きのばされていくんだ、彼はそう言った。何かを始めたいという気持ちだけはあるのだが、「これから机の前に座って書き始めるぞ」という衝動より先に行くことができずに、門口のところでいつまでもぐずぐずしていたのだ。

母と僕は、父が自室をうろうろと歩きまわる足音を、よく耳にしたものだ。父は日常と没入とのあいだの、怠惰と渇望とのあいだの、どっちつかずの世界に生きているようだった。来る日も来る日も、彼は新聞と、コーヒーと、書こうという試みと、散歩と、海と、夕食と、ニューヨークに帰りたいという想いと、それを実行することへの恐れとに直面していた。そして売れ残りのバーゲンのワインをケース単位で買いこみ、それを飲んでは、偉大さについて威勢よくまくしたてたものだ。「更なる人生を、更なる人生を！」、彼はそうわめいていた。母は教師の仕事についてくれるように強く頼んだのだが、父は耳を貸さなかった。安定なんてごめんだね、と彼は言った。作家が求めるべきは不滅なるものであって、永久就職なんかじゃあないんだ。でもそれから十年間にわたってメインに住みつづけたにもかかわらず、父はとうとう一冊の本も書き上げることができなかった。そして結局、母は家を飛び出して、土地の医者といっしょに暮らすようになった。僕も母について家を出た。

友だちは前を歩いていた。僕は夏の淡い黄昏の光を見つめていた。ふたりが歩いている場所は、かつて僕が住んでいたところのすぐそばだったので、僕は父の挫折の苦々しさを肌身に痛いほど感じることができたし、それがどうやっても逃れることのできないものであるようにも思えた。父がまったく世に認められないまま死んでしまったことは、僕には哀しかった。そこの野原にどれくらい長く立っていたのか、よくわからない。でも僕はおそろしいまでの静けさを、感じ始めていた。暖かい空気は、夏の香りをふくんで、そのぶんじっとりと重くなっているようだった。やがて、蠅の羽音が聞こえた。それは僕のまわりを一度くるりとまわって、それから顔の正面の、目の高さのところにとまって浮かび、じっと僕を見つめていた。そのメタリック・グリーンのからだは、太陽の最後の光線の中でまぶしく光っていた。羽音はリズミカルに高まったり、弱まったりした。その音は威嚇的であったが、それと同時に、そこには単なる羽音というのではない、何か懐かしいものが感じとれた。うまく説明することはできないのだが、でも僕はそのとき突然はっとこう思ったのだ。父さんがここに戻ってきたんだと。そう、彼は蠅になって戻ってきたのだ。

彼はぶんぶん、ぶんぶんとうなりつづけた。今にも僕の体にとまって、ちくりと刺しそうな感じだった。それでも僕は、彼を手で振り払うことができなかった。僕はそこに膝をついた。彼はまた僕のまわりを、ぶんぶんとうるさくまわりはじめた。でもその周回は、ときおり発作的に中断された。彼は僕の顔から数インチ離れたところにふらっと止まり、それからまた周回を始めた。「父さん！」と僕は言った、「いいから、僕にとまりなよ」。ぶんぶんという羽音は異様なほど高まった。それは狂おしいばかりの不同意を示していた。なんとか父さんと会話をすることができたらなと思ったことを記憶している。彼は飛び去ってしまった。「父さん、行かないで」と僕は大きな声で叫んだ。「帰ってきて」。たぶん僕のほうが間違っていたのだろう。彼が戻ってきたのは、僕を攻撃するためではなくて、赦しをもとめるためだったのだ。僕の前で、ただの蝿という、卑下したかたちをとることによって。

「父さん、あなたはなにも悪くない。なにも悪いことなんかしてないんだよ」と僕は呼びかけた。でもそのとき、僕はぶんぶんという羽音を再び耳にした。彼は戻ってきたのだ。しかし今度はひとりきりではなかった。彼は仲間をうじゃうじゃとひき連れてきたのだ。僕は立ち上がって、走り出した。気がついたとき、僕は仰向けに倒れていた。友人がかがみ込んで、僕の顔をじっとのぞいていた。

そこで起こったことを、僕は友人には語らなかった。僕はただそのエピソードをわきに押しやってしまった。誰にも打ち明けたりはせずに。僕が父のことをずいぶん考えるようになったのは、一年後のことだ。僕はそのとき、また仕事にうんざりするようになっていた。僕が思い出したのは、一年前の夏のあのおぞましい変身ぶりではなく、彼がニューヨークに住んでいたときのことだった。母が去ったあと、父はニューヨークに戻ったのだ。そのころ、僕はニューヨークに行くと、叔母夫婦のところに泊めてもらった。午後にはよく、父の暮らしている一間のアパートを訪れた。部屋の片方には簡単なキッチンがあり、もう片方にはベッドがあった。部屋は狭苦しくて、本が散らかっていた。僕がそこにいくと、父は部屋の真ん中に据えた机に向かっているか、あるいは仰向けに寝ころんで天井を眺めているか、どちらかだった。一度僕が立ち寄ったとき、彼は芝居がかった声音で、回想をはじめた。「メインの夜明け、立ちのぼる霧の中に聞こえる鴉の声、軽やかなる小鳥たちのさえずり、ヒタキ、ヒワ、ネコマネドリ」。それから彼は哀しそうな顔で僕を見て、言った。「なあチャーリー、私はどうしてここにいるのだろう？　なんでここに戻ってきてしまったのかな？」。あるとき僕は彼に質問してみた。仕事の具合はどう、と。よくないと彼は言った。書き始めたい小説がひとつあるのだけれど、書き始めることができないのだ。父は打ち明けるように言った。結局のところ、私の領域とはいったい何だろう？どこかの場所や、なんらかの職業について、私はなにかを知っているだろうか？　ぜんぜん知らん。私の専門とは、空白であり、退屈の諸相であり、めりはりのない日常だ。私の特徴とは、捉えどころのない状態だ――眠りに沈み込んでいくような、そして昼の光の中にさまよい出ていくような感覚だ。これまでの私の人生は怠惰であり、目的を欠いていた、と彼は告白した。私は感情のままにあてなく移ろう人間であり、ものを書くことをとおして、何か（なんでもいい）に永続的に結びついたものを造り上げようとした私の壮大なる決意は、欺瞞だった。

亡くなる直前の何年か、僕の父はジゴロのような存在になった。彼の年齢、その突き出た腹、短く刈り詰めた髪（当時は誰も彼もが髪を長く伸ばしていたというのに）は、彼のことを的外れの色事師《ロザリオ》みたいに見せていたけれど、じつは大した成果を収めていた。その成果はときとして、彼自身の法外な期待をさえも上まわるくらいに、見事なものだった。彼がもの哀しそうな色を目に浮かべて言い寄ると、相手の心は揺さぶられた。彼はメインでのかつての暮らしを、まるでアルカディア〔ギリシャの理想郷〕から追放された人みたいな口調で語った。彼は自分のことを「単純な人間だ」と言った。メインの大きな空の下にいると、こころが落ちつくのだと。限りなく現われる霧や靄《もや》や雲、海上に傾《かし》いだ灯。夕暮れに海辺を散歩するさまを彼は描写した。その海の暗い体軀が、海草や白い泡をあちこちにちりばめつつ、大きく回転をつづける様子を。彼は同時にまた、「ストーン・コースト」での暮らしが、いつもいつもた易いものではないことについても語った。彼の感じやすい性質は、直接の危機にさらされているとまではいかずとも、包囲された状態にあった。彼は語った。夜中に、柔らかい明かりの輪の中で本を読んでいると、風が鋭い音を立てて木々のあいだを抜け、降り出した雨が屋根や窓を激しく叩いた。

ニューヨークでの僕自身の生活は、華やかな日常に彩られてはいたものの、必ずしも心愉しいものではなかった。僕は毎日のように何時間も電話で話し、パーティーに出て、酒を飲んで、テレビを見た。つき合った女性は何人かいたけれど、誰ひとり愛することはなかった。彼女たちのうちには、間違った理由で僕にあこがれを抱く秘書もいた。彼女たちは僕が会社で身にまとっている権威を本物だと誤解し、喜んで僕の命令に従った。ときとして相手は有能な同僚だった。彼女たちの自信みたいなものが、つき合っているあいだに僕にうまく付着してくれればいいのにとひそかに思っていたのだが、そういうことは起こらなかった。結局のところ彼女たちは、僕の中の空虚さや、ふらふらしたところや、人生の進展をうまく受け入れていくことができないところにひきつけられたのだろう。それらの関係は、どれも長くは続かなかった。

僕のひとつの楽しみは乗馬だった。週末や祝日には、僕はセントラル・パークに行って馬に乗った。乗馬に対する僕ののめり込み方たるや、狂気に近いものだった。僕は自分の頭に浮かぶ限りのすべての不運から——仕事から、まわりの女性たちから、僕の住んでいる味も素気もない小さなアパートメントから——逃れるべく、必死に馬に乗ったのだ。

　ある秋の土曜日、僕は艶のある栗毛の去勢馬に乗っていた。大きな、神経質な眼をした馬だった。枯葉が何枚か、はらはらと落ちた。空は高く、空気は乾いていた。何もかもが、見事にくっきりとしていた。僕の乗った馬は、僕の言うことをよくきいて、乱れのない歩を進めていた。そのときに僕はふとこう思った。世界というのは、実にこうあるべきなんだと。そして、こういう具合に馬をきちんと問題なく御しているところを父さんが見たら、きっと喜んでくれるに違いないと。すると、まるで僕の傲慢さに抗議するかのように、馬が突然その歩みをとめた。前に進めようとしたが、馬は頑固に動かなかった。僕はサドルの上でゆらゆら体を揺らし始めた。途方に暮れ、うんざりして、僕は平静さを失った。僕は馬を罵り、かかとで脇腹を蹴った。馬は頭をゆっくりと左に向けた。なにかを見て、その動きを目で追っているようだった。なにを見ているのだろうと、僕もそちらに目をやった。ひとりの女が、乗馬コースの上を越える橋をわたっていた。長身で、黒髪で、淡い紫のコートを着ていた。まるで肉体の動きに没我しているみたいに、彼女の歩き方はなめらかで、とどこおりがなかった。僕は素早く地面に降りて、馬の前に立った。それが父であることが僕にはわかった。それで話がはっきりする——馬というのは彼にとって完璧な入れ物なのだ。どう似ているか、うまく定義できないのだけれど、とにかく馬と父はよく似ていた。向こうに消えていくその女性のうしろ姿を、馬は熱っぽい眼でじっと見守っているようだった。その眼は優しくとろんとしていたが、やがて絶望の色が浮かんだ。

「父さん」と僕は言った。「会えて嬉しいよ」。彼は頭をあげて、橋をわたっていく別の女性に目をやった。遠くないところから、救急車だかパトカーだかのサイレンが聞こえた。僕は寒気を感じた。「父さん、心配しなくていいよ。もう父さんに乗ったりはしないから。何もかもうまくいくからさ」。彼は僕の肩越しに、じっと女性を見ていた。「父さん」と僕は、夢中になってつづけた。「なんでも父さんのしてほしいようにするよ。身柄を引き取って、田舎に連れていくよ。コネティカットに家を買おう。そうすれば父さんは裏庭で、一人で好きなことをできるからさ」。彼はひひんといななき、たてがみを振った。僕は彼の首に親しげに腕をかけた。「父さん、僕に何かをさせてよ。父さんの役に立ちたいんだ。面倒をみさせて。父さんの生活を少しでも楽にしてあげたいんだ」。そのとき僕の父は、後ろ脚で直立し、そのまま駆け出した。僕は彼の残していった土煙の中にじっと立っていた。いくら彼の気持ちを変えようとしても、所詮は無駄だった。馬になってさえも、父は実に強情だった。

何日かのあいだ、僕はずっと父さんの奇妙な振る舞いのことばかり考えていた。また彼に会うのではないかと思うと、そしてまたはねつけられるのではないかと思うと、怖くて外に出ることができなかった。僕はあれこれと思い悩み、酒を飲んだ。窓の外ばかりじっと見ていた。でもやがてそのような孤独の日々にも、だんだん疲れてきた。それで僕はまた社交生活に戻り、仕事に身を入れようと思ったのだが、あまりうまくはいかなかった。混乱し、心乱れ、目をつぶっていてもできるような仕事でさえうまくこなせなかった。僕は自分の能力に対する自信を失い、無気力と沈滞の感覚の中に沈み込んでいった。

僕の生活が平常に回復するのに、それから数カ月がかかった。馬の事件は僕の記憶から少しずつ遠のいていった。そして僕はこれまでにないくらい幸福な気持ちになった。まずひとつには、僕は恋に落ちたのだ。相手の名前はヘレン・シュルツ。彼女は弁護士で、僕と同じビルに住んでいた。僕は何カ月か前から、エレベーターの中で彼女と顔を合わせていた。彼女の淡いブルーの目は入念にメイクアップされて、ほとんど黄色味さえ帯びていた。しかし彼女の黒い眉は、ともすれば消え入りそうなその一対の瞳に、えもいわれぬ強烈さを賦与していた。頬骨が張っていて、短いとび色の髪はまっすぐうしろに撫でつけられていた。彼女の肌は——少なくともエレベーターの中で見る限りにおいては——きらきらと輝いているように見えた。でもそういう折に、尋常ならざるしつこさでもって、僕に性的充足の予感を与えてくれたのは、彼女の瞳だった。しかし僕らが顔をあわせている時間は常に短いものだったので、彼女と懇意になるまでには、胸の高鳴りを押し殺し、じっと我慢をかさね、そして勇気を奮い起こすという、一連の長い試練をくぐり抜けなくてはならなかった。

最初に夕食を共にしたとき、僕はほとんどなにも食べられなかった。興奮で胃袋がでんぐりがえっていたからだ。彼女はエレベーターの中にいるときよりも、レストランにいるときの方が更に美しく見えた。僕の心をなんとか鎮めてくれたのは、彼女のところを得た自然さのようなものだった。ほどなく僕らは、暇さえあれば二人でときを過ごすようになった。ヘレンは僕の中にあるもっとも優れたものを引き出してくれた。僕らが共に過ごす夜は、愉楽に満ちたものだった。僕らはお互いの過去について語りあった。ときには心赴くままに淀みなく、あるいはときには真剣に注意深く。でも、僕らは幸せそのものだったから、父親の再来のことを彼女に黙っているというのは、嘘をついていることになるだろうという気がした。僕は彼女にその話をしたかったし、しなくてはいけないと思っていた。でもそれを切り出すうまいタイミングがつかめなかった。またその話に彼女がどのように反応するか、僕にはいささかはかりかねるところがあった。

とうとうある夜僕のアパートメントで、今が切り出しどきだという場面が訪れた。僕は床に座り、ヘレンはコーヒー・テーブルをはさんで向かいのカウチに腰を下ろしていた。彼女は繊細にして輝かしい生命力のようなものを身につけていたが、それは、ちょっと逆説的な言い方になるのだが、疲弊の中から生まれでてきたもののように見えた。精神のある種の重たさが、彼女の輝きをはらはらと明滅する、束の間のものに変えていた。そのときに僕ははっと悟ったのだ。僕が今目にしているのはヘレンではなく、実は父さんなのだということを。

「父さん」と僕は言った。「戻ってきたんだね！」

「ねえダーリン」と彼は言った。「何それ？　いったいどうしたの？」

彼にとってあまり調子のよくない時期らしいと、僕は思った。彼は気質的な憂鬱の中に自らを溺れさせてしまったのだ。彼が自分の人生が消耗であったと思っていることは、その眉間のしわを見ればあきらかだった。僕はコーヒー・テーブルの前で膝をついて言った。「ねえ父さん、父さんは自分を責めすぎるんだ」

彼は手を伸ばして僕の両手を握った。「ねえあなた、いったいどうしちゃったの？」と彼は言った。

「父さん、父さんだね？　そのとおりだろう？」

彼は心を動かされたようだった。というのは、彼の目には涙が浮かんでいたからだ。□

をきくこともできないようだった。

「父さん、リラックスしてよ。何も心配することないんだからさ」

彼は立ち上がった。「チャーリー、私怖いわ」と彼は言った。

「何が?」と僕は訊いた。

「あなたがよ」と彼は答えた。

父さんがこの僕を怖がっている? 僕は本当にびっくりしてしまった。父さんは僕の前に立って、怯えた女性の声で語っているのだ。僕は耐えきれなくなった。目を閉じて、そのままカウチの上に倒れ込んでしまった。なんだか素敵な気分だった。自分が炎になって燃え上がってしまいそうな気がした。とつぜんまわりの空気が薄くなって、おかげで遠くの音が鮮やかに聞こえるようになった。しばらくのあいだ、自分が全世界を包含しているような感じだった。目が覚めたとき、僕はひとりぼっちでパジャマを着て、毛布をかけられていた。

翌日ヘレンが僕の様子を見にやってきた。彼女はあふれんばかりの朝の光の中にいた。これまでになく、彼女は美しかった。昨日のことで君が気を悪くしていなければいいのだけど、と僕は言った。あのときは怖かったけれど、今はもう大丈夫よ、と彼女は答えた。彼女は僕のそばに両膝をついて、こう言った。そのおかげで私にはわかったのよ。自分がどれくらいあなたのことを愛していたかっていうことが。

　僕は彼女の手を取った。「ヘレン、二人でメインに行こう。海辺を散歩しよう。はえなわでサバを釣ろう。小さな島に行ってみよう」。彼女はじっと僕を見た。僕がとつぜん元気になったことを面白がっているようだった。「朝になると、僕らはヒタキや、ヒワや、ネコマネドリの声を聞くんだ。夜になったら、焚き火をしよう」

「いったい、あなた、何にとりつかれたのかしら?」と彼女は言った。

「何も。なんにもとりつかれてなんかいないよ」と僕は言った。

　僕らはその夏、メインに行った。日々は長く、ゆるやかに流れた。僕の未来のビジョンは穏やかで、乱されることはなかった。ヘレンと僕は結婚することに決めた。父が僕を訪れることはほとんどなくなった。そしてそのわずかな訪れも、辛うじて感知できる程度のものだった。僕は洗面所に立って、髭を剃っている。目の端っこのあたりに何かがちらっとまたたくのが見える。鏡の中の自分の顔をじっとのぞきこむと、彼がそばにやってきたことがわかる。彼の息が、鏡をわずかながらも曇らせようとする。でもそれも、ほんの一瞬のことでしかない。

真実の愛

True Loves

これは告白である。私は四十代半ばの男性で、これまでに五度結婚した。恋愛のほうは六度――どれも婚姻の絆の外側でなされたものだった。でもだからといって、私が妻たちをひどい目にあわせてきたというわけではない。私はいつもこう考えていた、「できうるかぎり、彼女たちに不幸な思いをさせないようにしなくては」と。私は彼女たちに幸福になってもらいたかった。私がこれだけ恐れも知らず結婚の回数を重ねているのをみれば、私がその制度に対して揺らぎなき信念を持ち続けてきたことを理解していただけるはずだ。しかし、ならばどうして、妻以外との恋愛の数が結婚の数よりひとつ多いのだろう？　それはただ単に、私の愛がどれも真実の愛であったからだ！　それは私の中に、前代未聞の苦悩と、そして同時に、目もくらむような輝かしい喜びを呼び起こした。私はその例証として、以下のごとき注解を加えたいと思う。

私がマチュピチュに行くことになった経緯についての細かい説明は省こう。私が初めて恋に落ちたとき、私はたまたまそこにいた。それだけのことである。私はまわりを石壁に半ば取り囲まれた、ほとんど台形に近いかたちの「神聖広場」に立って、西の方の、息を呑むようなウルバンバ渓谷をじっと見おろしていた。私がふと後ろを振り向くと、カーキの服に身を包んだ魅力的な女性の姿があった。その身なりは私の目には、ブーツから帽子にいたるまで、マチュピチュを発見したハイラム・ビンガムが写真に撮られたときの服装を、細心の注意を払ってそのまま再現したもののように見えた。彼女は私を見ていたわけではなかった。彼女が見ていたのは、谷の向こう側にある段丘だった。私は視線をもとに戻して、またウルバンバ渓谷をじっと見つめた。千フィートを越える眼下を蛇行する銀色の流れを。振り返ったとき、その女はもうそこにはいなかった。

私は探索をつづけた。何世紀も前に老朽化してしまった草ぶき屋根の、灰色石でできた家々の外枠のあいだを抜け、町をひとつに束ねているように見える数限りない階段を上り下りしながら。そこで私はまた彼女に会った。彼女は路上のまぐさ石の上に座って休んでいた。私が、二人のあいだに親密さを醸し出そうという目的で、いかにも疲れたという誇張した動作で、彼女の正面の草の上によっこらしょっと腰を下ろすと、彼女は微笑んだ。そして帽子をとって、気取りなくさっと髪を外に振った。私は彼女の振る舞いのもの静かさと、その四肢ののびやかな姿かたちと、全体に漂う優美さと落ちつきに打たれて、うまく口をきくこともできなかった。そこに五分もいたかいないかのうちに彼女が私に尋ねた。一緒にワイナピチュに登らない、と。私は疲労困憊していたのだが、「いいですよ」と返事した。「喜んで行きます」と私は言った。彼女が行くところなら、私はどこにでもついて行っただろう。やれと言われたら、なんでもやっただろう。

彼女が先に立って進んだ。まずマチュピチュとワイナピチュを結ぶ尾根を抜け、それからつるつると滑りやすいくねった小径をたどって、ワイナピチュの頂へと向かった。千二百フィートの山登りには一時間半を要した。光景はどんどん壮大なものになっていったが、私の視線は前を行く女の完璧なかたちをしたお尻と、脚の上に釘付けになっていた。ぶかぶかの半ズボンと巻ゲートルにかたちを歪められていたにもかかわらず、その脚はすらりと長かった。私は恋に落ちた。そしてそれと同時に、遅れてはならじと必死になって歩き続けた。

彼女の名前はマーヴェラ、英国人だった。私たちは午後の光の中に立って、青い空が夕暮れの色へと深まっていくのを眺めていた。私は自分の年齢を彼女に告げ、ノースダコタ州ファーゴで生まれたことを告げた。そして今はニューヨークに暮らしており、妻が離婚を申し立てていることを。

私たちは遺跡に隣接して建てられた小さなホテルで一緒に夕食をとった。翌朝早くリマに戻るつもりだと彼女は言った。ホテルはどこですか、訪ねてもいいですか、と私は尋ねてみた。彼女の瞳はきらりと柔かく輝いたように見えた。ええ、かまわないわ。

数日後、リマに戻って、私は彼女が泊まっているペンシオン・ラムスを訪れてみた。女主人のセニョーラ・ラムスは彼女は今出かけていると言った。あの方はほとんど部屋に戻られませんし、ときには一晩帰ってこないこともあります。どうやらセニョーラ・ラムスはそれが気に入らないようだった。彼女を宿に戻らせないのがたとえ誰であれ、何であれ、とにかく妬ましく、私は意気消沈して、早々にそこを立ち去った。

タクシーを拾ってサン・マルティン広場に行き、「ネグロ・ネグロ」まで歩いた。リマでいちばんうまいピスコ・サワーを出してくれるバーだ。私は酒を飲み、自分の中から欲望を振り払おうとした。私は外に出て、冷ややかな霧と小雨の中をあてもなく歩いた。馬鹿みたいに、彼女の名前を小声でそっと何度もつぶやきながら。するとそのとき、まるで奇跡のように、彼女が姿を現した。背の高い、口ひげをはやした非常にハンサムな男性の腕に体をもたせかけ、私の方に向かって歩いてきたのだ。彼女はくすくすと笑い、言うまでもないことだが、まわりの何も目に入っていなかった。私は黙ってそのまま通り過ぎた。

私の二番目の愛は、ニューヨークの地下鉄路線を舞台にして蕾となって膨らみ、花咲き、そしてしおれていった。私は毎日、アッパー・ウェストサイドから金融街まで、一冊の本を携えて電車に乗った。当時の私はニュースになんて興味も持たなかった。その怠慢のおかげでやがて私は職をなくす羽目になるのだが。それはさておき、私はとにかくこの話のころには、電車に乗るとローレンスをしっかりと手に握り、吊革につかまって、それに読みふけった。

恋に落ちたとき、私はちょうど『息子たちと恋人たち』を読んでいるところだった。私が恋に落ちるのもいたしかたないことだった。というのは、私の真ん前に座っていた若い女性が読んでいたのも、やはり『息子たちと恋人たち』だったからだ。彼女は一度も顔を上げなかった。だから私たちは目を合わせることもなかったし、二人が同じ本を読んでいるということを、気まずくないように彼女に自然にわからせるための術もなかった。私は落ちつかないまま、彼女の頭の上あたりをふらふらしていた。彼女がどんな顔をしているかさえわからない。でも、そのシンプルで気取りのない服装に、私は好感を持った。ほとんど几帳面なくらいの身なりだ。淡い茶色のツイードのスカート。深い緑色のぶかっとしたセーターからは、わずかに白いコットンのブラウスの襟と袖口の先がのぞいている。そして私は彼女の、肩までの長さのまっすぐなとび色の髪の艶やかさを、そして穏やかな性的体験をほのめかすようなぞんざいな優雅さをもって組まれた彼女のスリムな両脚を、目に留めないわけにはいかなかった。

私は彼女と話をしたかった。私たち二人をここで引き合わせてくれた瞬間の、時間の、年月の奇跡的な連なりについて、熱く静かに彼女に語りかけることのできるどこか静かな場所を、私は切望した。私にははっきりとわかっていた。運命が私たちにこのような絶好の機会を与えてくれたのだ。でも私は口がきけなかった。パニックが私を捉えていた。次の駅か、そのまた次の駅か、電車が停まったら彼女は降りてしまうかもしれない。そうなれば運命が私たちのためにせっかくあつらえてくれたこの瞬間は失われてしまうのだ。都会の群衆の中に呑み込まれて、もう二度と戻ってくることはない。そんなことになったらどうしようと私が思い悩んでいるあいだに、彼女は座席から立ち上がり、ドアの方へと向かった。私はそこで初めて彼女の顔を見た。ほっそりとした完璧にまっすぐな鼻。淡い色の唇。どことなくむっつりとした目——そこには疲労の色が混じっているようだ。瞳は美しいヘーゼル・グリーン。秋の光のように澄んで心を乱す。でも彼女は私には目もくれず、私の持っていた本にも目もくれず、そのまま電車を降りていった。

それから一週間ばかりすっかり落ち込んでしまった。そして深まっていく沈黙が私を餌食とした。その沈黙は私の内なる生活を支配し、外なる生活を破壊していった。その短い期間に、私の二人目の妻と私は、次第に相手から遠ざかっていった。私たちの人生のテキストは、書かれるというよりは、消去されていった。語られていた言葉は次第に小声の囁きとなり、やがては会話のあいまの柔弱な沈黙の中に没していった。物語は形式を喪失し、まとまりを欠いた出来事は、まるで夢のように気まぐれな様相を帯びていった。意味は足場を失い、思考の外縁へと誘い出され、不吉なまでに消滅に近接していった。私はよその女と恋に落ちていたのだ。

私は少し前から自分の仕事に興味が持てなくなっていたのだが、それはやがて耐え難いまでに退屈なものになった。それでも私は毎日同じ地下鉄（二週間足らず前に私が恋に落ちた電車だ）に乗り、会社に通いつづけた。再び彼女に会えるかもしれないという希望にすがって生きていた。毎日同じ車両の同じ場所に立った。『息子たちと恋人たち』を読み終えて、次に『恋する女たち』にとりかかった。そして私は彼女に再会した。彼女は私の目の前に座って、『恋する女たち』を読みふけっていた。まるで天が私たちに今ひとたびのチャンスを与えてくれたみたいだった。私がそのときに感じた気持ちをいかに表現すればいいのだろう。全身を駆けめぐるそわそわとした歓喜、甘い興奮、見覚えのある、しかし底の知れない恐怖。彼女の両脚は最初のときとまったく同じような形に組まれていた。靴も同じ、輝く髪も同じ。着ている服だけが違う。違っているのは服と『恋する女たち』

だけ。

前のときよりも更に多くの語るべきことがあった。でも口がきけなかった。私はすっかり引っ込み思案になってしまっていた。同じ時間に同じ場所でまったく同じローレンスを読んでいるという偶然の一致に対して、あるいは彼女は私のようには驚異の念を感じてくれないかもしれない。声をかけたものの、「それがどうしたんですか?」というようなことになったら、馬鹿げていることこの上ないし、あまりにもみっともない。やれやれ私はいったいどうしてしまったのだろう? 私はもういい大人だった。それなりに世慣れてもいた。それなのになんだってこんな具合に、まるで子供みたいにがちがちになっているんだろう。しかしいったいどんな風に切り出せばいいんだ? 相手に聞こえるようにかがみ込んで話しかけるべきなのだろうか。でも私の顔がそんな風に突然ぬっと目の前に現れたら、やっぱりびっくりするんじゃないかな? 彼女が立ち上がってドアの方に向かったときですら(また前と同じく、私の方には目もくれなかった)、私はそのあとを追うこともできなかった。私はただじっと、その自分の貧弱な場所に立っていた。不面目と、かすかな自己嫌悪に苛まれながら。

彼女が去っていく姿を見ていると、私の中のすべてが絶望の淵へと沈み込んでいった。それまでに私が何を成し遂げたにせよ、そんなものはまるっきり無意味なんだと私は悟った。私の希望は崩れて消えた。彼女にはもう二度とめぐり会えないということが、私にはわかっていたからだ。運命は私に二度のチャンスを与えてくれたというのに、生来の救いがたい臆病さが、それを潰してしまったのだ。一月もたたないうちに、妻は私のもとを去っていった。二カ月後には私はロスアンジェルスに越していた。

私が三度目に恋に落ちたのは、ハリウッドのディナー・パーティーだった。彼女は有名な女優なのだが、ここで名前を明かすことはできない。もしそんなことをしたら、私と彼女がわかちあった痛いほどの親密さは、ただの自慢話に変わってしまうだろうから。彼女は美しかった。瞳はほとんど黒に近く、ときどき人を誘い込むような深さが浮かぶとき、まるで底がないみたいに見えた。またときには、その瞳はひどく不透明になって、視線は対象を像として結ぶことを休止し、そのまま内側に引き返して、そこに腰を据えてしまうことになった。二つの瞳は、力強く完璧なアーチを描く眉毛の下に、深く埋め込まれていた。最初に見かけたとき、彼女は黄色っぽい電灯の光の下に座り、ピロウを深々とかさねたソファに、体をもたせかけていた。彼女の美しさは陰影に満ちて、捉えどころがないように見えた。彼女は誰とも話をしていなかった。私にとってそれは、琢磨されて検証されつくした高貴なる孤立の、まさに胸の痛む光景だった。彼女の堂々とした寛ぎぶりを見ていると、自分がいかにも矮小に感じられた。私は何はともあれ彼女の隣に腰を下ろし、その自己完結の中に我が身を浸したかった。でもそれは不可能だった。私たちはホストから夕食の席に着くようにと言われた。

彼女は私の向かいの席に着いた。おかげで更に子細に彼女の顔を観察することができたのだが、そのかわり口をきく機会はなかった。ほかの人々は彼女に話しかけた。でもそれは長い会話ではなかった。夕食のあいだをとおして、人々のおしゃべりはささやかな波のように高まり、あるいは引いたけれど、彼女はその動きにはほとんど関与していないようだった。私は彼女の口もとにじっと視線を注いでいたのだが、常にそれは乱れのない、完璧なかたちを保っていた。彼女がどれだけ食べ物を咀嚼しても、そこには生々しさのかけらもなかったし、その表情はほれぼれするような静謐を浮かべていた。それから私は彼女の白い前腕に注目した。はかなく柔らかい絹のような、ほとんど目には映らないうぶ毛がそこにあった。淡い青味のある数本の血管が、彼女の肌のミルク色の半透明さによって、見えるか見えないかというところまで隠蔽されていた。私はわけもわからず、ぶるぶると震えはじめていた。私は彼女の指輪に魅せられた。長すぎもせず、磨かれてもいないその爪は、きわめて仄かにではあるけれど、彼女の出しゃばるところのない人柄を暗示していた。私はできることなら手を伸ばして、彼女が一人その中に安住している禁断の輝きの中に割り込んでいきたかった。食事のあいだ誰かに話しかけられても、一瞬たりとも私は気を散らされなかった。

　コーヒーとブランデーが供されて、全員が居間に移動したとき、私は彼女の隣に座った。ほかの人々は小さなグループにわかれて、あちこちで立ち話をしていた。私たちは二人きりだった。私たちを呑み込んでいるそのぽっかりとした静けさに気づいて、このひそやかさは、まるで船のバーに二人だけでひきこもっているときのような感じだなと、ふと思った。ほんのかすかな親密さのほのめかしにも自分が敏感に反応しているのがわかった。何か話さなくてはと思うのだけれど、彼女のすらりとした腿が、ドレスの半透明の生地にぴったりとかたちよく押しつけられているのを見ていると、頭がまともに働かなかった。私はまごまごしていた。まるで少年のように、私はわくわくした気持ちで彼女を追い求めていた。彼女の息づかいも速くなっているようだ。我々の心はきっと相互的に反応し合っているにちがいない。彼女の胸はかすかに上下していた。「あなたはとても美しいと僕は思う」私はやっとそれだけを口にできた。彼女が飲み物を手に取るために前に身をかがめたとき、私はアーモンドの匂いをかいだ。そして彼女の髪が絹のようにはらりと前に落ちるときの、一瞬の光沢のきらめきを目にとめた。素晴らしい《マイ・ゴッド》、と私は心の中でつぶやいた。私は尋ねた。どこかでまたお会いすることはできないものでしょうか。いいわよ、と彼女の目が語っているように思えた。彼女の唇はグラスの縁を軽くさまよっていた。私はどうすればいいかわからなくなった。自分がコントロールできなくなった。そして次から次へと支離滅裂なことを口にした。それは「僕はディナー・パーティーが好きじゃないんです」から始まって、「オーストラリアに行かなくちゃならなくて」で終わった。彼女は溜息をついたが、それが同情から出たものなのか、あるいは失望から出たものなのか、私には判断しかねた。

翌日私は妻に電話をかけた。彼女はシカゴにいる母親を訪れていた。私はその出来事を彼女に話した。あなたのことをまったく信用していないし、あなたのもとに戻るつもりもない、と彼女はきっぱりと言った。私の持ち物はお母さんの住所に送って下さい。

その映画女優に語ったオーストラリア行きの話は本当だった。私はある銀行の支社長としてシドニーに赴任し、そこで四度目の結婚をした。小柄なオーストラリア人の妻が、私のこれまでの結婚歴を知ったのは、結婚後何カ月かたってからだった。不快な真実より、心地良い沈黙を選んだことは、言うなれば私の思慮深さの証であった。しかし私が過去の過ちを、新妻の目から隠そうとしたことは、私たちがまともな信頼関係を打ち立てることを妨げた。私たちの結婚は無気力なものになり、私たちの計画は（なんとか気分を盛り上げようとこらされた創意工夫は）常に失敗に終わった。私たちの余暇の時間は、それの拡大版とでもいうべきもので、陳腐でもの悲しくて、痛々しいまでに長かった。最後に――そしてもっともこれが重要なことなのだが――妻の小柄な体軀が耐えられる範囲を超えた肉体的切望が私の側にあった。

ワンダに出会ったのは、ファッショナブルなパディントンあたりで開かれていたカクテル・パーティーだった。ワンダ。その名前を思うだけで今でも、私の中で魔術的な情熱の和音がかき鳴らされる。豊満なワンダ、官能的なワンダ。出会ってまもなく彼女は私にこう言った。愛を交わしているとね、私、髪が抜け落ちるのよ。見違えようもないめまいが私を襲った。そして私はあのふわふわした愛の天国に向けて一路昇っていったのだ。それほどまで激しく誰かに対して欲望を抱いたことは、かつてなかったように思えた（人は過去の愛について忘却する傾向がある）。私は彼女にそれを言いたかった、彼女をそのまま押し倒したかった。しかし私は怖かった。見事《ワンダフル》なワンダ、その丸顔の中のふたつの瞳はまるで石炭のようだった。それは私のためらいを心得つつ、私をじっと見つめていた。

翌日ワンダは私の仕事場にやってきて、私を彼女の青いアルフェッタに乗せ、ランチを食べに連れ出した。彼女は吹き降りの雨の中を、トゥラムッラを抜け、ワラウィーを抜け、車を走らせた。「どこに行くんだい？」と私は尋ねた。彼女の腿の上に手を置きたいなと考えながら。「きっとお腹がぺこぺこなのね、あなた《ラブ》」と彼女は言って、さっと私の方を向いて微笑んだ。そのときの彼女は、ほんとうに見事だった。今すぐ車を道ばたに停めて、彼女のピンク色の肉体の海の中にそのまま沈み込みたいと、どれほど激しく私が欲したことか！

「もうすぐよ」と彼女は言った。

「待ち切れないね」と私は含みのある台詞を返した。

彼女は車を停め、私たちは雨の中、老朽化したコンクリートの階段を何段か駆け下りた。そこにはホークスベリー河を渡る小さなフェリーが待っていた。

ワンダ、ワンダ。暗雲に覆われた空の下で、幾重もの移ろう雨の帳の下で、君のあふれんばかりの金髪が、その我々のちっぽけな船を光で満たしたのだ。そしてレストランで、灰色の水の向こうの、筋のように突き出した岩々を眺め、悲しげな膨らんだ塊となった落ち葉を足もとに配したユーカリの木を眺めながら、いかばかり軽やかな思いを私が味わったことか。リンデマンのハンター・リヴァー・バーガンディーのグラスを二人で傾け、ラズベリー・ヴィネガーのかかった温かい鴨のレバーのサラダをゆっくりと味わっているときに、私の人生のそれ以外の部分がどれくらい遠くまで押しやられてしまっていたことか。二人でどんな話をしたのか覚えていないけれど、その食事の心愉しき静穏さは、私の中に今でも残っている。どれほどやすやすと私たちは、骨髄入りボルドレーズ・ソースのかかったフィレ・ステーキに身を委ねていったことだろう。そしてリンデマンの二本目を飲んでいるうちに雨はあがり、黄昏どきの黄色っぽい輝きがその部屋の中にまるで洪水のように溢れた。

帰りの道、私たちは口をきかなかった。往きの道で私が感じていた切望は、満ち足りたときのぼんやりした感覚に変わってしまっていた。対向車のライトを受けて、断続的に明るく照らし出されるワンダの顔を、半分閉じかけた瞼のあいだから、私は眺めていた。私をおろす場所で彼女が車を停めたとき、私たちはなにも言わずただじっと車の中に座っていた。シドニーの街には暗い夜の帳が降りていた。私は身を乗り出して彼女にキスしたかった。礼を言うために、これからまた何度も君に会いたいんだと言うために。たぶん彼女はその気配を察したのだろう。というのは溜息をついて、それからいかにも賢くものごとをわきまえたように、「じゃあ、おやすみなさい、あなた《ラブ》」と言ったからだ。それが生身のワンダを目にした最後だった。もっともそれから何カ月ものあいだ私は夢の中で彼女と会いつづけた。夢の中では彼女は全裸かあるいは半裸で、私をベロウラ・ウォーターズ・イン（それが私たちがその日、食事をした場所である）まで車で運び、連れて帰った。

その日の昼食から一週間も経たないうちに、銀行のニューヨークのオフィスから人事異動の知らせが届き、私はアメリカに帰国することになった。私の小柄な妻は、シドニーに残りたいと言った。そして私が当地を離れるか離れないかのうちに、別居の正式な書類を提出した。それ以来彼女に会ったことはないし、オーストラリアに足を踏み入れたこともない。

その次に恋に落ちたのは、ノヴァスコシアのハリファックス、十月終わりの日曜日の朝である。私はバリントン・ストリートを北に向かって歩き、彼女は南に向かって歩いていた。空気はガラスのように眩しく光り、そこには清澄さがあった。その土地にしては珍しくからっとしていた。それでもそこにはお馴染みの松や海の匂いが漂い、あちこちに落ち葉を焼いたあとがあった。完璧な一日になりそうだった。私はその女性がこっちに近づいてくるのをじっと見ていたのだが、すると彼女も同じようにじっと私の方を見ていることに気づいた。それから彼女の歩調はすこしためらいがちなものになり、淡いグレーのフランネルのスカートの揺れもそのリズミカルさをいくぶん失った。彼女は唐突に目をそらし、向きを変え、通りの向こう側に移った。私は彼女がもとの歩調を取り戻すのを見ていた。彼女はタン色のハリス・ツイードの上着を着て、短くてまっすぐな茶色の髪は、歩くのにあわせてかすかにひょいひょいと上下に揺れた。すれ違うときに、彼女はこちらに顔を向けて、私の顔を見た。その目は穏やかで、好奇心に満ちていた。

一瞬、私たちはそこで立ち止まって、相手を呼び止めそうな感じになった。しかし二人ともそのまま歩き続けた。私はいかにも軽やかな彼女の歩き方や、通りの向こう側に移る前のちょっとしたためらいの趣きがすごく気に入った。彼女が向こう側に移ったのはまったく正しいことだった。すぐそばですれ違ったりしたら、おそらくとんでもないことになっただろうから。彼女はもちろんそのことを承知していたのだ。私は彼女のことで頭がいっぱいになったまま、バリントン・ストリートを歩き続けた。まもなく私は歩を止めて、まわりを見た。そしてその瞬間、世界は深い慈悲心を身にまとった。それは息を呑むばかりに張りつめたもので、あきらめや無感覚や絶望といった可能性の中から私を引っぱり上げてくれた。私はきびすを返して、さっき歩いてきたばかりの道を南に向かった。朝はまだ早く、広大無辺とも思える沈黙に包まれていた。まるで世界そのものが一世一代の事件に向けてじっと息を潜めているかのように。

彼女もまた向きを変えて引き返してきた。道の反対側を私の方に向かって歩いてくるのが見えた。再び私たちはお互いをまじまじと見つめあった。彼女の視線は前より柔和になって、私の姿をその視野にとらえたことを喜んでいるようだ。彼女の口もとは微笑みをうっすらと形作った。控えめで、ためらいがちな微笑みだった。しかし彼女はそのまま歩き過ぎ、立ち止まりはしない。私はそこに止まって彼女を見つめていた。きっとまた引き返してくるに違いないと思って。彼女にとってその時点ではまだ、つい今しがたまでの私と同様、立ち止まる機が熟していなかったのだ。ただそれだけ。もう一度まわれ右をして戻ってきさえすれば、彼女の愛は証明されたことになる。数ブロック進んでから、彼女は唐突に向きを変えてこちらにやってきた。私の心臓は激しく鼓動した。突然の緊張に私の身体は痛んだ。私たちは通りを隔てて向かい合った。再び彼女は微笑んだが、それは共謀しているもののような微笑みだった。それは私の経験したあらゆる愛の中で、もっとも純粋で、もっとも短くて、もっとも完全な愛だった。空気には抑制の熱が充満した。可能性の光を受けて、それはまたたき、輝いていた。お互いのあいだに距離を置こう、我々の情熱の炎にたっぷりとスペースを与えようという二人の暗黙の了解がそれをもたらしたのだ。私たちはそれからもバリントン・ストリートを何度も行ったり来たりした。やがて人々が出てきて、私たちが立ち止まってお互いの姿を見つめあうことができなくなってしまうまで。昼前に私たちはそれぞれの方向に別れた。

それから二カ月ほどして、私は五度目の結婚をした。彼女はユーゴスラヴィア人で英語をほとんど喋れず、ダンスが好きだった。

ジャスミナとの結婚生活は長くは続かなかった。ベオグラードは陰気な街だが、私はそこが好きだった。ホテル・モスクワのロビーに座って、四日遅れのヘラルド・トリビューンを読むのも好きだった。しかしジャスミナのおかげで私は頭がおかしくなりそうだった。彼女は私をダンスホールからダンスホールへと連れまわしたからだ。それで私は逃げ出すことにした。

その季節にはベオグラード発の飛行機便は、霧のためにしばしばキャンセルされた。まあよく晴れた日にだって、あてになるような代物ではなかったのだけれど。というわけで私のヴェニスへの逃避行には列車が利用されることになった。妻が友人たちと出かけた夜、私は大急ぎで衣類をスーツケースに詰め、ワインを二本ひっつかみ、駅まで走った。私が住んでいた都心部の小さなアパートから駅まではほんの数ブロックしかなかった。

列車が駅を離れる頃には、私はすでにワインを軽く飲み始めていた。ベッドメークの済んだ自分の小さな寝台つきコンパートメントの前の廊下に立ち、深い解放感にひたっていた。ザグレブ、リュブリャナ、トリエステ、ヴェニス——ジャスミナには私を見つけだすことはできないだろう。いや、見つけだそうともするまい。コンパートメントの同室者はルーマニア人のコンピュータ技師だった。彼はブカレストから乗り込んで、ローマまで行くところだった。以前何カ月かアメリカに住んだことがあるんですと彼は言った。ポキプシーというところに。彼がこのようなまったく気の滅入る事実を打ち明けているときに、一人の女性が隣のコンパートメントから出てきて、我々の隣に立った。我が友人が彼女を私に紹介してくれた。彼女はやはりブカレストからこの列車に乗って、ジェノアにいる妹を訪ねるところなのだということだった。名はシルヴィアといった。彼女は神経質になって、少し疲れているみたいに見えたが、それでもチャーミングで、私の話にとにかく熱心に耳を傾けていた。

私はその二人の連れにワインを勧めた。彼は断った。彼女は受けたが、でもその元気いっぱいの受け方が私を落ちつかなくさせた。彼女は一杯飲み、二杯目を飲み、三杯目を飲んだ。私は二本目のワインを開けた。彼女の英語はぎこちないものだったけれど、それでも私たちの会話ははずんだ。私たちは好きな映画のタイトルをあげ、それからお気に入りの映画スターの名前をあげた。好きな都市を並べ、好きなレストランを並べあげた。アメリカでいちばん素晴らしいビーチはどこかと、彼女は私に尋ねた。この時点で私の同室者は、明らかに私たちの会話を聞いているのに飽いたらしく、もう寝ることにすると言った。彼がコンパートメントのドアを閉めるのを待ちかねたように、彼女は私に尋ねた。アメリカの女性はセクシーなのかと。廊下に出ているのは私たちだけだった。私は突然息が苦しくなった。動悸が速くなった。長い間失われていた喜びが心によみがえり、自分がそれに圧倒されていることを感じた。シルヴィアの茶色の瞳がまっすぐ私を見ていた。彼女の肌は浅黒く、黒髪がその細い肩に重たげにかかっていた。彼女が体重を移動させるのを私は見ていた。彼女の脚は美しく、その幅の広い腰はいかにも誘いかけるようだった。それから、まるで見返すように彼女の目をじっとのぞき込みながら、私は言った。いやいや、ユーゴやルーマニアの女性に比べたら、アメリカの女たちなんてものの数でもないね。私は自分のグラスにワインを注ぎ、君こそセクシーだと思うよ、と言った。

その瞬間、私は自分がそう口にしたことを悔やんだ。彼女の顔はさっと変化し、ショックを受け逆上したような、きつい表情を浮かべた。彼女は頭をぐっとそらせ、顔を背けた。私は彼女に惚れていたのか？　そうだと思う。彼女は私に惚れていたのだろうか？　そうは思わない。「よくも、そんなこと言える！」、彼女は再び私の方を向いて言った。彼女の両目には私を責める涙がにじんでいた。私は弁明した。私はルーマニア語の母音を発音するときの君の巻き舌が好きだし、君の鋭い感受性が好きだし、君のその魂《ソウル》を私はセクシーだと感じるんだよと。でも彼女は私の喋る英語を解さなかった。私はワインを勧めたが、彼女はグラスに手で蓋をした。ばつの悪さをまぎらわせるために、私は自分のグラスに少しおかわりを注いだ。「僕のことを許してもらいたい」と私は、傷ついた表情を精いっぱい目に浮かべて言った。「許します」とシルヴィアは答えた。コケティッシュに頭を軽く傾け、微笑みながらそう言った。しかし私たちの会話がそれまで保っていた無垢な流れを取り戻すすべは、もはやなかった。私たちは黙りこんだ。やがて私たちは「おやすみなさい」と言って、それぞれの個室に下がった。

私はうまく眠れなかった。私はシルヴィアのことを考え続けた。彼女は他の誰ともちがっている。まどろみの黄昏の中に、彼女の黒い肌が漂っているようだった。彼女が私に囁きかけるところを私は想像した。私の耳の中にむき出しのままにすべりこんでくる、彼女のブロークン英語のあらがいがたいシラブルを、私は想った。それから私の唇にかさねられる彼女の唇を想った。やがて私は目覚め、天井を見つめ、そしてまたゆっくりと、眠りの中へ、シルヴィアのもとへと戻っていった。一晩中、私は夢うつつで、彼女の腕の中に入ったり、そこから出たりしていた。

朝の六時に、パスポートの提示を要求する国境警備員によって起こされたとき、同室者はすでに服を着替えて、下段のベッドの端っこに腰掛けていた。シルヴィアの姿はなかった。

これを書いている今、私はローマで暮らしている。そしてフラッティーナ通りにあるバールで、通行人を眺めながら一日の大半の時間を潰している。もうすぐ私はアメリカに帰国して、仕事に戻らなくてはならない。でも今のところ、私は無為の日々に満足している。私はよくシルヴィアと、彼女の説明のつかない消え方について考える。でも終ったことは終ったことだ。目は未来に向けられている。ミネアポリスのディナー・パーティーに出て、スウェーデン人やノルウェー人に囲まれている自分の姿が目に浮かぶ。あるいはシカゴの湖畔（風がうなりをあげ、波が砕けている）を歩いている自分が目に浮かぶ。あるいは私はニューヘーヴンのパン屋の中にいる。そこでは焼き立てのライ麦パンとシナモンロールの匂いが入り交じっている。もちろんこの先何が起こるかなんて、誰にもわからない。私の計画なんていつなんどき変更になるかもしれないのだ。

隣のテーブルにいるアメリカ人の夫婦が、最近離婚した自分の娘のことを話している。彼女がここにやってくるのを二人は待っているのだ。しかし彼らの話からは、まさかこんな長身の、身なりの良い女性がやってくるなんて、私は予想もしていなかった。彼女はどこからともなく現れ、彼らのテーブルに座った。彼女の赤毛はばっさりと肩に落ちかかり、そのカールはほとんど野放しという感じだった。そのよく日焼けした肌に私は驚かされた。もし彼女の腕の内側の真珠色の肌が見えなかったなら、私はそれを生来の肌の色と思ったに違いない。彼女のしぐさは無造作というか、無気力と言っても良いくらいだった。うしろにだらんともたれて、煙草の煙を気持ち良さそうに長く吸い込んだ。目はむっつりとして、疑り深そうだった。疑いの余地なく、彼女は私のタイプだった。そして私にはわかっていた。そののどやかな外見の下に彼女は熱い情熱を秘めている。かろうじて彼女はその欲求をコントロールしているけれど、ほんとうはたったこの今も、自分でも気づかぬままに、私のそばにもっと寄りたいとうずうずしているはずだ。そして私の方はもう準備ができている。もう一度恋に落ちるための、あるいはおそらく結婚するための。

小さな赤ん坊

The Tiny Baby

まだ子供の生まれないうちから、必要になったときに備えて、母親はベビーシッターを雇っていた。彼女はシッターに言った、「赤ん坊は居間にいます。でもすごく小さいの。だから見えなくても、気にしないでちょうだいね」。それから母親は外出するふりをした。そして居間の窓近くの茂みに身を隠し、シッターの一挙一動を見守った。

小さな赤ん坊は飛び抜けて小さかったので、母親が妊娠していることも傍目にはわからなかった。生まれ落ちたときにも、医者が赤ん坊の姿を発見するまでにずいぶん時間がかかった。もし羽がついていたなら、その赤ん坊はヒワかシジュウカラにでもなっていたことだろう。小さな赤ん坊の話を聞いたまわりの口さがない人々は、父親がすごく遠くにいるせいで、そんなに小さくなったんだよと冗談で言った。「まるで地平線の一点みたいにさ」と彼らは言った。

母親は小さな赤ん坊のことを思って怯えた。この子の目には絨毯を敷いた部屋はみんな、巨大な布張りのモニュメントがあちこちにそびえたつ平原《プレーリー》のように映るのではあるまいかと。すべての樹木はもろい光の緑色の網のように見え、すべての花は空の傷口のように見えるのではあるまいかと。それで彼女は赤ん坊に猫のぬいぐるみを着せた。ソフト・グレーの縞猫の模様もついていた。彼女は午後の陽光の中に座って、赤ん坊が芝生の上で跳んだり転げたりするのを眺めていた。でもそのうちにだんだん心配になってきた。こんな風に世間の目を欺いていても、成人するまでの道筋ずっと、赤ん坊の安全を確保しておくことはむずかしいのではあるまいかと。彼女は刃物のような草の葉を恐れた。茂みの刺を恐れた。天候の荒々しい接近を恐れた。近所の雄猫たちの――騒がしくて、慎みを知らず、粗暴で気まぐれな――接近については言うまでもない。小さな赤ん坊の母親は、それを思うと身が震えた。猫の衣装を脱がせてしまおうかとも思ったが、迷っているうちに赤ん坊はネズミを一匹殺してしまった。それで猫のぬいぐるみは消えた。

誰もが知っているように、子供に対する母親の愛は、無私の思いやりと、開けっぴろげな自己同一化との豊かなる結合の中に存している。やるべきことを易々とてきぱきと受け入れていくことで、それは偶然性を凌駕することになる。その運命は、無言のエロス神の吟味の届かぬところまで延びていく。それに比肩するものなどどこにもない。男と女のあいだで通用している月並みな戯れなど、比べるも愚か、単なる物笑いのたねに過ぎない。

小さな赤ん坊の母親は、彼女の性が要求する尋常ではない責務に、比類なき熱意をもって応じた。彼女は赤ん坊を凧の尻尾に結びつけたが、その糸を手から離すことはなかった。彼女は紛失しないように、赤ん坊を自分のハンドバッグの中に入れておいた。家では食堂のテーブルの上にちっぽけなイスをのせて、薔薇の花に囲まれるようにして、赤ん坊を座らせておいた。小さな赤ん坊はハリウッドのスターになって、すべての部屋にその光輝を広げることになるのだろうか？　オーストラリアの上流階級のトップにまで昇り詰めることになるのだろうか？　それともモルモン教会に入って、神聖なる部屋の中に座り、鏡によって不死性の中に再生されるのだろうか？　愛されるものの将来を想うことは、よきかな。彼らは華麗なホテルのロビーを横切り、砂漠のリゾート地のプールのまわりをうろつき、地下鉄や電車の中でベストセラー書を読む。彼らがひとりぼっちになることはない。

さて、これから何年か後の小さな赤ん坊のことを考えてみてほしい。青いビーズのようなきらきらとした目の、一人の小柄な女性が、好みの髪型が見あたらないものかと、じっと通りを見ている。それを目にしたとき——堂々たる格好をつけられた長くて黒い巻き毛だ——彼女は自分がその髪型をしたところを想像してみるだろう。彼女は花柄のプリントのドレスを着て座っている。そのほっそりとした両脚は組まれている。靴の先っぽはほとんど床に届いていない。彼女は突然、聞こえるか聞こえないくらいの声で、歌を歌い始める。雨降りと、自転車に乗って急いで帰宅する男についての歌を。その男の妻は窓から身を乗り出して、彼を見守っている。しかし騒がしく姿を現した鷗たちにふと注意を奪われる。小柄な女性は腰を上げる。列車はもう出発してしまった。一日は、彼女のまわりでこだまをつづけている。すべてが代えがたいものなのだ、彼女はそう思う。死が私を捉えることはないだろう。それが小さな赤ん坊のお話。

大統領の辞任

The President's Resignation

今日の夕方に大統領が辞任を発表した。その地位に昇り詰めるまでの過程こそ実に華々しいものであったにもかかわらず、彼は決して人気のある指導者ではなかった。彼はその職に就く前にはどんな公約も一切示さなかったのだが、彼の在任中に私たちがどのような種類の気象を経験することになるのかについて、果てしもなく頭を使い続けた。時には控えめな予想までおこなった。そしてその予想が外れた場合には（そういうことはしばしばあったのだが）、すばやく失望の色を押し隠した。彼を批判するものたちは、彼がそのようなことがらにあまりにも多くのエネルギーを費やすことに対して苦言を呈した。またとりわけ彼が予算を国立気象博物館――そこには人間の歴史におけるいかなる場所のいかなる日の天気をも自由に体験できるいくつかの部屋があった――につぎ込むことに対して非難の言葉を浴びせた。「ガス十字軍」という名で知られる、彼のフッ化炭素（フロン）に対する戦いは、未だに驚異の念をもって語られている。大統領の最終演説には次のような人々が居合わせた。潜在的明解省主席大臣と夫、外的及内的暗黒庁長官と夫、低次段階局局長代理と妻、多義的慣習局主席監査官と二人の秘書、超越的上品礼儀局局長と友人、模範的状況部主事補佐と二名の友人、対不特定状況計画庁次官と母親、非正常沈黙部大法官と父親、誤謬及悔恨局検査官補佐と娘たち、主席桂冠詩人兼非成文書律注解保管者とその信奉者たち。

大統領のさよなら演説

紳士淑女の皆さん、友人たち同僚たち、今夕ここにお集まりいただいたことをあつく感謝いたします。皆さんがこの数日を辛いお気持ちでお過ごしになり、また今宵、悲しみを胸に抱いておられるものと推察いたす次第であります。しかし私は心のすべてを傾けてこの大統領職に就き、そして今、赤誠の真心を残してこの職をあとにしようとしています。そしてまた、私は信じるのです。私が国民の皆さんの信頼を一度として裏切ることなく、この在任期間の風雪をしのいできたことを。そもそもの最初から私は憂鬱さと発明について、ノスタルジアと預言について、切々と説いてまいりました。芸術の気怠き世界が、私の避難場所でありました。ほかの何にも増して私は、初めての真に現代的な大統領になりたいと望みました。そして私の任期を、心の衝動の自由なる拡大と、偶然性の維持保存に変えたいと望んだのです。

（拍手）

誰に私の提案を——気象という偉大なる大義の中で労働する人々のために発せられた誓願を——忘れることができるでしょうか。彼らは風を計測し、雨を予言し、自らの身を何世代にも及ぶ日々の重ねに捧げてきた人々です。彼らのまなざしは星々を回転させる目に見えぬ車輪に、あるいはまたそれらの星々そのものに、常に釘付けになっていたのです。まるで詩じゃないか、私の政敵たちはそう言いました。彼らの言うことは正しかった。というのは、私が望んでいたのはつまり「何事も起こさない」ということだったからです。ありがたいことに、実にそのとおりの結果になりました。ありがたいことにというのは、私の言葉は、それらが生み出したかもしれない効果とともに易々と潰えてしまったことでしょうから。私は常に、変化せぬもののために、行動にあらがうもののために、人間の心の真ん中に存する静謐のために、常に語ってまいったのです。

（拍手）

そのようにしてめでたく私たちは、五十一に及ぶ国家祝日を祝う栄誉をえました。五十一日間にわたって私は、この職に就くことを逡巡してきたのです。今や瞑想の年譜に属する栄光の五十一です。それが優柔不断の雲に包まれて曇らされているとき、どこにも行けないとき、その自らの秘密の動きを感知しているとき、まこと鮮やかに感知しているとき、頭脳というのはなんと華麗なるものなのでしょう。

（拍手）

そして、我が敬愛する閣僚の皆さん、多くの時間が皆さんのためにチェーホフを朗読することに費やされました！　そのあとには、私たち自身の非重要性が狂おしく燃え上がったものです！　私たちの人生の儚さを思って、私たちはどればかり溜息をつき、どればかり苦悶したことでしょう！　私たちは二百年後は言うもおろか、たった二年後にさえ忘れ去られてしまいます！　そして我らがものであるその沈黙は——私たちはそれぞれ引き延ばされた瞬間瞬間の感覚に呑み込まれているわけですが――静かなる窓辺に、あたかも魔法のごとくに記述されています。そしてその窓の向こうでは、世界は刻々と変化をつづけているのであります。

（拍手）

友人たちよ、気象というものが持つ意味を、いったいどのようにあなたがたに説明すればいいでしょう！　青い空、その変化《へんげ》と反復、それが私の脳裏によみがえってきます。執務室における私の最初の日の憂鬱《ブルー》、五日目のブルー、磁器のようなブルー、単調なブルー、威風堂々たるブルー、理想的なブルー、理想的と評するにはいささかの不足のあるブルー、しかるべき冬の日の黄色味を帯びたブルー。常にそれは光の偉大な頂塔《キューポラ》であり、捉えどころのない光輝溢れる王冠であります。それは疲弊を知らぬ規則性をもって果てもなく広がり、散文のごとき私の無味なる人生を、歓喜と欲望に溢れるものへと変えてくれるのです。それはやがて黄昏へと霞むがごとく沈み、世界の緑色の縁はその暗さをいや増していきます。そしてついには夜の気象が訪れます。その下で私はさまようのです。寝台はあたかも舟のようです。夜はめくるめくどこまでも広がり、そこでは鳥たちさえ行き惑います。

そこでは物音が、涙を超えたメランコリーとともに遥かなる旅路を辿ります。そこでは黄金色の日々の私の夢が、しばしのあいだ勢いを失い、希望も見えぬ流浪の道行きへと出るように見えます。この人生を通して私は、いつもいつも航海を続けてきたのです。

（拍手）

毎朝のように私は思い出すのです。私がまだ年若く、退屈という平原をいくつも横切ろうとしていたときのことを。平原には、空の雲の気ままな流れのままに、その影が島のごとくうつろっていました。そのような日々の中に歴史的な重要性が含まれていようなどとは、私にはついぞ知るべくもありませんでした。茫洋たるモニュメントが、あるいはまた定かならず何かを思わせる形態《かたち》がそこに立ち上げられ、示唆され、そう思う間もなくふと何処かに消えていきました。毎朝、同情と世辞《へつらい》への欲望のみを我が武器として身にまとい、その平原を横切りながら、そのとき既に、私は大統領として自分が果たすであろう役割を形作っていたのです。それらの日々の空虚さは、両親《ふたおや》の息づかいのように容赦なく、また底も知れぬものでありました。いつになれば世界は目覚めてその光を、灰色の不可思議なるドームがその中で音も立てず彼方へと行進を続ける天上の黄金を認知するのでありましようや？

（拍手）

私はこれまで一度として空を見上げるのをやめたことはありませんし、これから先も変わることなくそれを続けるでしょう。失望の、そして喜びの深い藍色と群青色を、それ以外のどこの場所に求めることができましょうか。気象の恵みは、変わることなく私たちの職務の域を凌駕し、私たちの口にする言葉を、前触れもなしに、尽きることのなき巨大な薔薇の花弁へと変えてしまうことでしょう。ご静聴ありがとう。さようなら。

水の底で

Underwater

私は冷たい湖の底に潜水する。陽光の梁を抜けて、水底の暗い段丘へと沈んでいく。私が目を閉じると、だしぬけに朝だ。ジョリーモアにある叔母の家の台所、その棚の上でバタースコッチ・プディングが冷えていく匂いがする。外では密集した茂みが揺れている。嵐が近づいているのだ。光は壊れ、拡散し、私の母の背後にある樹木の、小さな梢の中に失われていく。母のかぶった縁の広い帽子は、彼女の目に影を落としている。彼女の脇にある縞模様のキャンバス地のデッキチェアには天蓋がついている。天蓋からは小さな白い縁飾りがさがっている。母の黒髪はきゅっと丸くひっつめられている。彼女は姉と私を膝の上に乗せている。母の瞳は黒く、また黒く縁取られ、そこには悲しみの影はみじんもうかがえない。家の正面に、苦労しながら歩道を歩いてくるひとりの小柄な女性の姿が見える。彼女は松葉杖をついている。彼女のきらきらと光る補装具はセメントにかちんと当たって、それを削り取る。彼女のブラウスは汗のしみで、つぎがあたっているように見える。

私は怖い。彼女のことが怖い。こびとであることが怖い。彼女の巨大な頭部と、短い手脚が。彼女のせかせかとした男のような足どりが。彼女は私の母の二人の友だちと一緒に暮らしている。私は、彼女が私と結婚したがるのではないかと怯えている。私の寝室の窓のさざ波をうつガラスの中に、私は怪物たちの顔を見る。そのこびとが中に入りたがっているのが見える。その補装具のかちんかちんという音が聞こえる。ある朝早く、私は両親の部屋に歩いて入っていった。二人は裸だった。母の手は父の太腿の上に乗せられていた。母は私の顔を見て、その手をさっとどかせる。そのあとで私はメイドの部屋に堂々とした足どりで入っていく。私は自分の頭から髪の毛を何本かはさみで切って、それを腋の下にセロテープでくっつけている。私は彼女を組み伏せたいと思うが、相手の力が強すぎる。私はキッチンに入って、居間で母とその友だちが私について話をしているのを耳にする。その女は私のことを年齢のわりに知能の働きが鈍いという。だからお医者に診てもらった方がいいんじゃないかと。母は私は年齢のわりに体が大きいので、それで知恵が遅れているように見えるだけなのよと言う。私は両親に、友だちのところに遊びに行ってくると告げる。彼の家に着いたとき、私は玄関のベルを押すのが怖くなる。私はとなりにある空き地に寝転がって、ときどき頭をあげ、家の中になにか動きのようなものがないかとうかがう。結局私は家に帰って、友だちと遊んできたよと彼らに言う。でもそれが嘘であることをやがて彼らは知る。十四歳になったとき、母は私に女の子とデートするように勧める。でも女の子とどんな話をすればいいのか、私にはわからない。私は部屋に閉じこもって一人で自画像を描いている。描くたびに絵はどんどん細密になっていく。私はあまりにまじまじと鏡の中を見つめるので、そのうちにそこに何も見えなくなってしまう。父は白い麻のダブルブレストのスーツを着て立っている。片方の手は上着のポケットに突っ込まれ、もう片方の手は煙草を持っている。母はその腕に寄り掛かっている。彼女は真っ白なドレスを着て、まるで若い娘のような微笑みを顔に浮かべている。しかし彼女の瞳には小さな翳りがうかがえる。メランコリーの影。彼女はまるで、何ひとつ約束をしない未来を見通しているみたいに見える。二人の親密さは不確かで、午後の白い光は彼らを洗い、去っていく。コネティカットでのある朝、私は温室の壊れたドアから身を乗り出している。私はチノパンツにデザート・ブーツ、襟の大きな黒いセーターという格好だ。私の髪は長くて、目にかかりそうなくらいだ。私が眺めている娘はずっと遠くにいる。彼女こそ私が探し求めている相手だ。でもその顔がうまく見えない。結婚するほんの少し前に私はトランプのソリテアをやって、それを仕上げてしまう。私はそれを「結婚しない方がいい」という重大なお告げだと思う。父はそれを見ているが、役所に行くために階下におりるときまでは何も言わない。「いやなら今やめたっていいんだぞ」と父はそこで言う。私の家族は外出の準備に時間をかけすぎると妻は言う。私たちは全員で大きな鏡の前に立ち、身なりを点検し、これでいい、素敵だと互いに言いあう。私たちは現実離れしていると妻は言う。実際には私たちはちっぽけな存在であり、少しでも大きくなりたいという希望の中に生きているのだと。私の妻は幸福ではなく、私が出ていけばいいと思っている。彼女は窓辺に立っている。沈みゆく太陽が彼女の髪にオレンジ色の縞模様をつけ、その顔を、青い瞳さえをも、黄金色に染めている。私は高速道路を走っている。果てしなく続く、真っ黒な沈黙の野を抜けていく。小さな町をいくつも通り過ぎる。そこにともっている明かりといえば、どこかの部屋を照らす裸電球か、ゴミの山を照らす街路灯くらいのもの。一晩じゅう運転を続けて、目にした人間はひとりだけだ。不眠症だかアルコール中毒だか知らないが、空の星が消えていくのを、あるいは酒屋が開くのをじっと待っている。四月のはじめに母が心臓発作で死ぬ。なんとか葬儀に間に合う。私はもう死ぬよと父は宣言して、その言葉のとおりに死んでしまう。

私は水の暗闇の中を沈んでいく。ゆらゆらと移動し波をうつ水底の庭園へと。私は目を開けない。時刻は既に午後になっていて、チョシカにある叔母の家のキッチンにはターキーをローストする匂いが漂っている。ゆるやかに翼を上下させながら、頭上をコンドルたちが飛んでいく。空気はきつく、乾燥している。私は芝生の上で、段ボールの箱に入って遊んでいる。その前には父がいて、縞模様のキャンバス地のデッキチェアに座っている。ヨットに乗ってでかけてくるからねと、私は父に言う。じゃあさよなら、と彼は手を振る。リマの近くの砂漠の砂の中に、私の両親が座って笑っている。父は白い帽子をかぶり、サングラスをかけている。母は無帽で、風が彼女の髪を幾筋か顔に吹き寄せている。朝早く、私は両親の寝室に歩いて入っていく。二人は裸だ。母の手は父の太腿の上に置かれている。父は私を見て跳び起きる。母は布団を頭までかぶる。私は走ってその場を離れる。そのあと私はメイドのベッドに潜り込む。彼女の巨大な肉体の上を情ない格好で泳ぐ。彼女が笑うと、私は宙に跳ねることになる。パチャカマクで、私は復元された建物の壁龕《へきがん》に立っている。私は片方の手に麦わら帽子を持ち、もう片方の手に測量竿を持っている。私のシャツはズボンの外に出ていて、ふくらはぎの半ばまでのブーツを履いている。浅い墳墓のそこらじゅうにちらばっている頭蓋骨から集めた歯で、私のポケットはふくらんでいる。バランキラでは、あまりに暑かったので、私はシャワーを浴びたあとすぐにタイルの床に寝ころぶ。私のまわりに水たまりができていく。クローゼットの中にある自分の靴が見える。黴がはえて緑色になっている。ツバキの匂いのする庭園に、私はローラと二人で横になっている。私は手を彼女の脚のあいだに入れて、それをじりじりと上にあげていく。彼女はなにもしない。悪かったと私は言う。泣き出したい気分よと彼女は言う。リオで私が働いていた動物園では、ペンギンたちがまるで蝿みたいにばたばたと死んでいく。私はライオン・ハウスの壊れたドアから身を乗り出している。私はショートパンツをはいて、白い襟の付いた淡いブルーのシャツを着ている。私の髪は長く、光の縞ができている。私が目を向けている娘はそのあたりのどこにもいない。でも彼女がどんな顔をしているか、私にはわかるような気がする。ライオンたちが咆哮を始める。私は海岸沿いの道路を走るバスに乗っている。私はそこでサラに出会う。私以外の唯一の乗客だ。鼻が長く、黒い髪はぼさぼさになっている。足首がすらりと細い。私たちは話をする。浜辺を散歩する。一時間もたたないうちに私たちはもう愛を交わしている。そのあとで私は彼女に言う、私の両親に会ってくれないかと。私は彼女に話をする、二人が並んで立っていたときのことを。私は言う、父が白い麻のダブルブレストのスーツを着ていたことを。片方の手を上着のポケットに突っ込んで、もう片方の手で煙草を持っていた。母は父の腕に寄り掛かっていた。彼女は白いドレスを着て、弱々しげに微笑んでいた。その瞳には陽気な光がほの見えた。なんだかとりあえずは幸福をよそおっているような。私は彼女に言う、その午後の光にはなにかしら不吉なものが漂っていたんだ、と。私たちはおおよそ一年間一緒に暮らした。それから彼女はギリシャに行ってしまって、以来会ったことがない。でもしばらく後で私の友だちが話を聞かせてくれる、彼はタオルミーナの海岸で彼女を見かけた。人々を乗せた大きなヨットが通りかかり、そこに碇をおろす。泳がずにデッキに残って酒を飲んでいる人々の中にサラがいた。彼女太ってたよ、と彼は言う。私はベッドの上に身をおこしてもたれかかり、淡いグリーンの病院の壁をじっと見つめ、病室の外の廊下を通り過ぎていく人々の単調な音を聞いている。雪が降っていて、それは茂みや駐車した車の形を変えて行く。生き続けていくための欲望が失われたみたいに感じられる。長い台形のかたちをした陽光が、私の隣のベッドの上を通り過ぎて、ゆっくりと壁へと移っていく。なんだかそれ自体がひとつの中断のようにも見える。それさえなければずっと一貫して継続していたはずの流れの中の、空白。具合が良くなったときに結婚をする。銀行の仕事にも就く。私たちはセント・クロワに移り、水棲の虫に悩まされる。虫たちは網戸の破れ目から私たちの部屋の中に転がり込んでくる。翌日妻は延々と煙草を吸って、コーヒーを飲んでいる。彼女の顔には心配気な表情が浮かんでいる。私たちの家からは湾の中を巡航してまわってい る潜水艦の姿が見えるのだが、彼女にはそれが気に入らない。退屈して家を出ていく。妻の友だちの一人が私を訪ねてくる。彼女の脚は私の父の脚をもっとエレガントにしたみたいだ。髪も父親と同じブロンドだ。彼女は結婚しているのだという。とりあえず今のところ私も同じだね、と私は言う。気持ちの高ぶりは、もう耐えられないくらいだ。数日後に父が心臓発作で死ぬ。私はペギー入り江で岩を登っている。海はその暗緑色の水を私の足もとまでせりあがらせる。しぶきの混じった風が私の体を凍り付かせる。ほどなく私は南に向かう飛行機に乗っている。

私は沈んでいくが、それは私の考えたものとは違っている。ゆっくりと、「沈んでいく」という言葉から通常思い浮かべるよりも遥かにゆっくりと、私は沈んでいく。そして私は自分の人生からどんどん離れていくように感じる。何もかもが変化していく。おそらく母が彼女の一人の友だちに向かって言う言葉は正しいのだろう。この子は怪物よ、と母は言う。母の友だちは真っ裸でカウチに座っている。ぐでんぐでんに酔っぱらって、何度か立とうとしてもうまく立ちあがれない。あなたを一緒に家に連れて帰ってしまいたいわね、可愛い怪物君、と彼女は言う。母は彼女の方によろよろと歩いていって、その頰をぴしゃりと打つ。砂場で私は隣家の女の子と遊んでいる。転んで、手のひらにとげがささる。男らしくならなくてはと思って、泣くまいと私はがんばる。それでも涙があふれそうになってきたので、家の中にかけ込む。バンドエイドは大きい方がいいか小さい方がいいかと母に尋ねられたとき、小さい方を私は選ぶ。でもその女の子を目にしたとたんに、私は間違いに気づく。自分が、そんなに小さく見える傷で大騒ぎしたことを恥ずかしく思う。私はメイドの部屋に入って、行くぞと言って、彼女に突進する。でもしっかりと避けられてしまう。そんなことばかりしてたら冷蔵庫に突っ込んでしまうよ、と彼女は言う。ばらばらに刻んで、お父さんとお母さんの食事に混ぜて出しちゃうからね。まあ、そんなことをしても気づくのはお父さんだけだろうね、あの人は味覚が洗練されているからさ。あの人の舌は長くて敏感だから、外に出していたら、ものにぶつかることもないだろうよ。なにしろあの舌は国宝級だからね、目なんかより余程役に立つくらいさ。学校の校庭で、みんなは「えいやっ」と言って腹這いになり、両腕を使って懸命に平泳ぎの真似をする。私は他のみんなとは違うと思いこんでいる。私は教室の窓からとびだして、両足を折ってしまう。両親は階下でパーティーを開いている。私は夢遊病にかかったふりをし、両腕を前に突き出して、踊り場を歩いて行ったり来たりする。私の十三歳の誕生日に、私たちはエンパイア・ステート・ビルの展望台に上っている。そこで父が私に言う、「私は年をとってきたよ」と。彼はダンガリーのパンツにTシャツ、軽いジャケットという格好でそこに立っている。片方の手で私を抱き寄せ、もう片方の手は下に垂れている。七月にしては珍しい雲ひとつない快晴の午後遅く、私たちは声をあげて笑っている。父は大笑いしている。目をつぶって、口を大きく開けて。私はハドソン河の岸辺で、表面にガーネットが付着した小石を丹念に探している。河に住むネズミたちがまわりをうろうろと走っている。彼らの長い尻尾が石の上を滑る。母は言う、あなたも女の子をデートに誘わなくちゃね。でも私は部屋にこもって自画像を描く。私は伝染病患者専門の市立病院で働いている。ポリオの病棟で、全身麻痺の患者の歯を磨いてやり、風呂に入れてやり、お話をしてやり、彼らの子供たちを顔の前に抱き上げて、キスをさせてやる。おまるを洗い、床ずれの手当てをする。一人の看護婦が私に言う、もし私のことを愛していると言ってくれたら、あなたと寝てあげてもいいと。私を愛していると、ただそう言ってくれればいいの、と彼女は言う。一人の女が電話をかけてきて、私に言う。あなたのお友だちからのプレゼントをことづかっているのよと。彼女は泊まっているホテルの部屋番号を教える。私はそこに飛んでいく。彼女は前をはだけたキモノ姿で私を出迎える。友人がこんなかたちのプレゼントを思いついたことに私は唖然とする。結婚式の直前に私はトランプでソリテアをやっていて、全部仕上げてしまう。父はその一部始終を見ていたのだが、役所に行くために階下におりるまで何も言わない。結婚したくないのなら、今やめたっていいんだぞ、と彼はそこで言う。結婚のすぐあとに母は死ぬ。妻と私はひと夏をイタリアで過ごす。ペルージアの町はずれにある家のテラスで、彼女は日光浴をしている。谷の向こう側で、アッシジがまぶしい真昼の光を受けて輝いている。一匹のネズミが、妻のすぐそばをきいきい鳴きながら走り抜け、妻は飛び上がって家の中に駆け込む。父が死にかけている。私はベッドの脇に立って、灰のように白い父の顔を見おろしている。彼は眠っている。私は窓のそばに寄る。入り江にはレガッタが一艘浮かんでいる。青いシーツのような水面から帆が突き出している。まるでポケットからハンカチがのぞいているみたいに。おそらく私は手を振って別れを告げるべきなのだろう。おそらく私は家に帰るべきじゃないのだろう。後ろをふり返ったとき、父の脇には医者が立っていて、父が死んだことを私に告げる。私はもう戻りません、と私は医者に言う。私は水のような眠りから起き上がります。そして水面に浮上し、百万もの小さな燃える蠟燭のきらめきの中で覚醒するのです。

犬の人生

Dog Life

　グラヴァー・バーレットと妻のトレイシーは、キングサイズ・ベッドに横になっていた。ふたりの掛けている布団は、羽毛の詰まった淡青色のキャンブリック織りのものだった。ふたりは香水の匂いのする、ビロードのような闇を見つめていた。それからグラヴァーは横向きになって、妻のほうを見た。金色の髪に包まれた彼女の顔は、いつもより小さく見えた。その唇は軽く開いていた。彼は妻に言いたいことがあった。でも彼が言わなくてはならないことは問題を含んだ内容だったので、なかなか切りだせずにいた。彼はそれまでに何度も口の中で声に出さずに繰り返していた。いよいよ切りだす潮時だった。穏便にはすまないかもしれないけれど、やはりきちんと話さなくてはなるまい。「ねえ、前から君に言わなくちゃと思っていたことがあるんだよ」と彼は言った。

　トレイシーの目は何かを恐れるようにはっと見開かれた。「グラヴァー、あまりいい話じゃないんなら、私はそういうのは……」

「君と会う以前には、僕は今とは違っていたというだけのことだよ」

「違っていたって、それはどういうことなの？」トレイシーは彼の顔をうかがいながらそう訊いた。

「いや、実を言うとね、僕は以前は犬だったんだよ」

「からかっているのね」とトレイシーは言った。

「いや、真面目な話さ」とグラヴァーは言った。

トレイシーはあっけにとられたように、無言で夫を見つめていた。重く孤独を含んだ沈黙が部屋を満たしていた。時は親密さへと熟していった。トレイシーの目も和らいで、そこには気遣いの色が浮かんでいた。

「犬ですって」

「うん、コリーだったんだ」と安心させるようにグラヴァーは言った。「僕はコネティカットの大きな家に飼われていた。広い芝生の庭があって、その向こうには森があった。その辺の人たちはみんな犬を飼っていた。幸せな生活だったな」

トレイシーは目を細めた。「それはどういうことなの、『幸せな生活だった』っていうのは？　どうしてそんなのが『幸せな生活』だったの？」

「とにかく幸せだったんだよ。とりわけ秋はね。僕らは仄かな黄昏の中を飛び跳ねたものだよ。足もとで小枝がぽきぽきと心をかきたてるような音をたて、風が巡るごとに次々に鼻をつく匂いは、僕らを回想に耽らせた。焚き火の匂い、焼き栗の匂い、パイを焼く匂い、凍てついてしまう前に大地がこれを最後とふっと吐きだす息、そんな匂いは僕らの心を文字どおり狂おしくかきたてたものだよ。でも秋の夜はそれよりももっと素敵だったな。月光に照らされて艶やかに青く光る石、まるでお化けのような茂み、仄かにきらめく草の葉。僕らの瞳は新しい深みを帯びて輝いていた。僕らは吠え、唸り、言葉にならない声で語った。正しい声音を探し当てようと、何度も何度もそれを繰り返した。何千年も昔の僕らのそもそもの血筋にまで届くはずの、その正しい声音を求めてだよ。もしその声音がうまく維持できたなら、それは僕らの種族のみごとに純化された叫びになるはずのものであり、またそこに僕らの共同体的運命《さだめ》の勝利を運び込めるはずのものだった。僕らは陶然とした大気の中に尻尾を立て、失われた祖先たちのために、僕らの内なる野性のために、歌った。ねえ、そんな夜の中にあった何かが僕には懐かしくてたまらないんだよ」

「私たちの結婚に何か問題があるということ?」

「問題なんて何もないよ。僕が言いたいのはね、あのころの僕の生活には悲劇的な側面があったということだけだよ。僕が少数の友だちと連れだって、風の吹き荒れる小さな丘の上で、鳴いているところを想像してくれ。すでに埋められてしまった僕らの狡猾さの断片を求めて僕らは鳴いていたのだ。虜囚の身に落ちて、文明の中に心ならずも身を置いて、あともどりのできない家畜化の憂き目を見て、それによって僕らがなくしてしまった誇りを求めて、僕らは吠えていたのだ。これ以上は荒々しくはなれないだろうと思える咆哮の中に、虚ろな空しさを聴き取れることが僕には何度かあった。それに匹敵するような空しさを僕は他に知らない。僕はスポットっていう名前の友だちのことを思い出す。彼女は頭を高く上げ、首を伸ばしていた。彼女の声はオペラ的で、哀しみに満たされていた。彼女の遠吠えするひと声ひと声が、その存在の暗闇を外に放出していく様には、実にぞくぞくするものがあったな」

「あなたは彼女のことを愛していたの？」

「いや、そういうわけじゃない。僕は彼女のことを何よりも敬愛していたんだよ」

「でもあなたが愛した犬たちもいたんでしょう？」

「犬が愛するかどうかというのは、判断のむずかしいところだね」とグラヴァーは言った。

「私の言っている意味はわかってるでしょう？」とトレイシーが言った。

グラヴァーは仰向けになって天井を見つめた。「うん、フローラがいたな。頭の上の巻き毛が素敵だった。それはダンディ・ディンモント・テリアの母親から受け継いだものなんだ。彼女はとても小柄で、僕もなんだか馬鹿みたいな感じがしたものだけれど、でも、それはそれとしてさ……それからミュリエルがいた。メランコリックなアイリッシュ・セッターだ。それからシェリル、彼女のお母さんは毛の長いチワワだった。お父さんはフォックス・テリアとシェトランド・シープドッグの混血だった。彼女は知性的だった。でも飼い主に小さなタータン・チェックのジャケットを着せられていて、そのことにうんざりしていた。そして頭の切れるどっかの野良犬と駆け落ちした。プリとダックスフントの血がまじっているやつだったよ。あとで見たときには、白黒のパピヨンと一緒だった。そのあと彼女はどこか余所に行ってしまって、それっきり二度と会っていない」

「ほかにもまだいるの？」

「ペギー・スーがいたな。ジャーマン・ショートヘア・ポインターで、彼女の飼い主たちはよくステレオでバディー・ホリーをかけていた。僕らが彼女の名前を耳にしたときの興奮ぶりは、そりゃ筆舌に尽くしがたいものだったね。僕らはすぐさま戸口に飛んでいって、外に出してくれってくんくん鳴いたものさ。まばゆいばかりの星空の下を、僕らはなんと誇らしげに早足で歩きまわったものだろう。乳白色の月光に照らされて、我々は慎みなんか捨ててしまった。そのみごとな光の中で、僕らは実に意気揚々と跳ねまわっていたんだよ」

「ずいぶんけっこうなお話みたいだけれど、つらいことだってあったんじゃないの？」

「いちばんいやだったのは飼い主たちが笑うときだったね。そうなると、突然彼らが赤の他人みたいに思えてくるんだ。彼らの会話の軽やかな韻律、命令するときの鋭い声音、そういったものが、ひいひい、ごあごあ、ひっくひっく、といった唸り声に変わってしまうんだ。まるで彼らの中で何かが、絶対的で悪魔的な何かが、解き放たれてしまったみたいに感じられた。一度笑いはじめると、なかなか笑いやめることができないんだ。僕の保護者たちがそんなふうにたがはずれてしまうのを目にしていると、僕はとても怖くなったし、わけがわからなくなったものだよ。彼らの発する音声は、意味も含んでいなかったし、何かを伝えようともしていなかった。それは喜びを表すでもなく、苦痛を表すでもなかった。というか、むしろその二つが妙な具合に同時に含まれているようだった。それは人間の言葉というものが陥る特殊な場所であって、僕はそこからは除外されているんだという気がしたものだった。まあいいさ。みんなもう過ぎてしまったことだから」

「どうしてそれがわかるの？」

「ただわかるんだ。感じるんだよ」

「でも、昔犬だったとしたら、また犬になることだってあるんじゃないの？」

「もう一度そうなるというしるしがないからだよ。僕が犬だったころには、自分が結局いつか今みたいになるだろうという徴候があったんだ。僕は裸でいることにどうしてもなじめなかったし、人目を忍ぶべき行為を公衆の面前で行わなくてはならないことに苦痛を感じていた。発情期の雌がこれみよがしに身繕いをしたり、尻尾を振ったりするのを目にしているると恥ずかしかった。仲間の雄たちが性欲にはあはあとあえいでいるのを見るのも恥ずかしかった。僕は引きこもりがちになった。僕はひとりでもの思いに耽った。僕は犬的な神経症になった。それが指し示すのはたったひとつのことだ」

グラヴァーは話し終えると、トレイシーが何かを言うのを待った。そんなに多くを語ってしまったことを彼は悔やんでいた。気恥ずかしさを彼は感じていた。なにも自ら選んで犬になったわけではないのだ、そのような倒錯的変身の数々は必要性から生まれるものであって、決して嘆かわしいことではないのだということを、彼女にわかってほしかった。ときとして、人間であることへの怒りは、予期されるものを大胆に改変してしまうというかたちで、もっとも精妙に顕在化されるのだ。なぜなら人々の自己などというものはほとんどうわべだけのものにすぎないからだ。その夜の最初のうちは悔恨の苦悶に沈み込みかけていたグラヴァーであるが、今では自分は正しいことをしたのだという誇りを感じていた。彼はトレイシーの瞼が閉じられているのを見た。彼女は眠ってしまったのだ。真実は耐えることのできるものであったのだ。そして新たなる夜の運命に彼女を安全に導き入れる必要性がその真実のとげをやわらげていた。朝早くふたりは目を覚まし、いつものように互いを見つめることだろう。彼がそのとき口にしたことは、もう二度とふたりのあいだで持ち出されることはないだろう。それは慎み深さ故ではなく、あるいはまた相手を思いやってのことでもない。そのような弱さの露呈は、そのような叙情的なつまずきは、あらゆる人生において避けがたいことであるからだ。

二つの物語

Two Stories

I

コネティカットの秋である。そこには心地よい風が吹いていた。風は樹木を揺らせ、赤や黄色の木の葉を旋回させながら地上に落とした。そしてタン色の小さな野原に波模様を作った。空は晴れ上がっていた。暗みを増していくその浅いブルーには、午後の黄色が微かににじんでいた。これほど素晴らしい光はほかにない。何もかもが輝いて見える。ローデシア・ブリアリーは、父親のものである大きなコロニアル様式の家の、食堂の窓から廏を眺めていた。光は完璧だった。彼女はこれから乗馬ズボンと長靴に着替えて、ヴィクターに乗ろうと思った。それは誕生日に父からプレゼントされた真っ黒な去勢馬だった。彼女は自分が、沈着に上手に、西コネティカットの野原に馬を走らせるところを思い浮かべた。彼女のまわりには秋が溢れ、渦巻いている。そこからほど遠くない屋敷では、ゴールデン・ハリスがお茶のカップを置き、書斎の机から立ち上がって、居間の窓辺に行った。彼は短く丁寧に刈り込まれた芝生に目をやった。芝生はほとんどブルーに近かった。ポルシェをひとっぱしりさせるのにはまさに絶好のときだ、と彼は思った。それは新車で、母からの贈り物だった。彼はブレザーを羽織り、前庭の砂利道を踏んで、ガレージへと向かった。心地よい風が吹いていた。赤や黄色の木の葉が舞っていた。光はまさに完璧だった。それは彼のポルシェのクリムゾンをますます深く、含蓄のある色にすることだろう。ローデシア・ブリアリーはヴィクターにまたがった。彼女はとび色の髪に緑色のリボンを結んでいた。手袋をはめた両手でしっかりと馬の手綱を握っていた。彼女はヴィクターに低い石壁を跳び越えさせて、野原に出た。空はまだ晴れ上がっていた。ローデシアは幸福だった。でもそこには恋の入りこんでくる余地なんてない、というものでもないわ、と彼女は思った。手がざらっとして、口もとに素敵な匂いを漂わせる男性がやってきて、彼女をさっとヴィクターから抱き上げ、清潔で静かな納屋の中に連れて行くだろう。ゴールデン・ハリスはポルシェの黒い革張りのシートの中で身をかがめ、イグニション・キーをまわした。車はうなりをあげた。ゴールデンはシフトをリヴァースに入れ、向きを変え、シフトを入れ直すと、勢いよく砂利道を出た。風が樹木を揺らしていた。空のブルーは暗みを増しつつあった。ゴールデンはパイン・リッジ・ロードを目指した。ラジオをつけると、W

NCNでグルックの『オルフェオとエウリディーチェ』をやっていた。オルフェオが歌っていた。「Che puro Ciel! Che chiaro sol!（空はなんと澄んでいるのだろう！　太陽はなんと明るいのだろう！）」。実にその通りだ、実に、とゴールデンは一人つぶやいた。ローデシアはヴィクターを走らせていた。彼女はとても幸福だったので、歌を歌いたいと思った。なんだってかまわない。彼女はとにかく自分の声を空中に投げ出したかった。承認のしるしとして、恍惚のしるしとして。彼女は口を開いた。何を歌うか、とくに決めてはいなかった。その最初の音が空気を打ったとき、ヴィクターはまるで苦痛に貫かれたみたいにはっと歩を止めた。ローデシアはあぶみから投げ出されて地面に落ちた。しかし彼女は傷を負ったわけではなかった。ヴィクターは走り去ってしまった。石の壁を跳び越えて、そのまま野原を駆け抜けていった。ゴールデンはオルフェオの歌にあわせてハミングしていた。「Che dolci lusinghi eri suoni…（音楽はなんと甘く心地よいのだろう）」。木の葉が何枚かはらはらと舞い落ちた。車は空気を切った。ゴールデンのポルシェが姿を現したまさにそのときに、ヴィクターがパイン・リッジ・ロード沿いの林の中から飛び出してきた。空は暗みを増しつつあった。車は完璧な光の中で輝いていた。オルフェオは歌っていた。「…al riposar eterno tutto invita qui!（ここではすべてが永遠の休息へと誘うのだ！）」。ヴィクターはその一瞬高く跳んでポルシェを避けようとしたのだが、かなわず屋根の上に衝突した。前脚が片側に、後ろ脚が反対側に出ていた。秋の夕暮れの中に静寂が降りていた。空はますます深くなり、赤みを帯びていった。パイン・リッジ・ロード沿いの家々の窓に明かりが灯りはじめた。

II

ニューヨークのミッドタウンにある高層アパートメント・ハウスの屋上のへりに、ひとりの美しい女が立っていた。男が日光浴をするために屋上に出てきて、彼女の姿を目にしたとき、女はまさにそこから飛び降りようとしているところだった。驚いて、彼女はへりから少し後ろに下がった。男は三十歳から三十五歳くらい、金髪だった。痩せていて、胴は長く、脚は細くて短かった。彼の黒い水着は太陽の下でサテンみたいに輝いていた。彼と女との間の距離は十歩もなかった。彼女はじっと男を見た。長い黒髪が幾筋か風に吹かれて、顔にかかった。彼女は髪を戻して、片手でそれを押さえていた。白いブラウスと淡いブルーのスカートは風でふくらんでいたが、彼女はまったく気にしていなかった。女が裸足であることに男は気づいた。かかとの高い靴がひと組、彼女の立っている足もとの、砂利の上に並べてあった。女は顔を背けた。風がスカートを、彼女の長い脚の正面にぴったりと張り付けた。手を伸ばして、彼女を自分の方にぐっと引き寄せることができたらなあと男は思った。風向きが変化し、スカートを彼女の引き締まった丸いお尻にからみつかせた。ビキニのアンダーパンツのラインが見えた。「夕御飯を一緒にしませんか？」と彼は大声で呼びかけた。女はまた彼の方を向いた。その目はひどく直截的だった。歯はぎゅっと嚙みしめられていた。男は彼女の手に目をやった。女は今では体の正面で手を交差させて、スカートを押さえていた。指には結婚指輪ははめられていない。「どこかに行って、話をしませんか」と彼は言った。彼女は大きく息を吸い込んで、後ろを向いた。彼女は両腕を上にあげた。まるで飛び降りる用意をしているみたいに。「ねえ」と彼は言った、「もし僕のことを何か心配しているのなら、それは違う。怖がることはないよ」。彼は肩に掛けて持ってきたタオルを、腰布《サロン》みたいに腰に巻いた。「大変だってことはわかるよ」と彼は言った。何が言いたいのか、自分でもよくわからない。自分の言葉が女の耳に入っているかどうかもわからない。お尻に向けてすらりと湾曲した彼女の背中のかたちが、彼の気に入った。とてもシンプルで表情豊かだ。それが示唆するものは、セックスへの誘いであり、可能性であった。彼女に手を触れたいな、と男は思った。まるで彼にいくばくかの希望を与えるように、彼女は両腕を体のわきに下ろし、体の重心を移動させた。「実を言うとね」と男は言った。「僕は君と結婚したい」。風が再び彼女のスカートをお尻にまとわりつかせた。「今すぐに、結婚しようじゃないか」と彼は言った、「そして僕らはイタリアに行くんだ。ボローニャに行って、うまいものを食べよう。一日中外を歩き回って、日が暮れたらグラッパを飲もう。ゆっくりと世界を眺めて、これまで暇がなくて読めなかった本を読むんだ」。女はこちらを振り向きもしなかったし、へりから離れようともしなかった。彼女の向こう側にはロング・アイランド・シティーの工業地帯が広がり、クイーンズの長屋《ロウ・ハウス》が果てるともなく連なっていた。いくつかの雲がずっと遠くを流れていた。男は目を閉じて考えた。ほかにどうやったら彼女を思いとどまらせることができるだろう？もう一度目を開けたとき、彼女の両足と建物のへりのあいだに、ひとつの空間が存在することに彼は気づいた。その空間は、今となっては、彼女と世界のあいだにこれから常に存在するはずのものだった。彼女が眼前に存在したその最後の長い一瞬のあいだ、彼はこう思った。なんて美しいんだろう。それから彼女は消えてしまった。

将軍

The General

I

戦場は午前中ずっと静まり返っていた。穴ぼこだらけの荒涼たる平原には、ねじ曲がり、かたちの変わり果てた装甲車両がいくつも横たわっていた。その焼け焦げた残骸のまわりには土煙が舞っていた。

メルヴィル・モンロー将軍は部隊の士気について気をもんでいた。彼らの顔には疲弊の色が浮かび、軍服は汗臭かった。兵士たちは将軍の足もとに横になって居眠りをするか、煙草を吹かすかしていた。兵士の一人がときおりすすり泣いたり、あるいは悲鳴を上げたりしていた。何か手を打つ必要があった。この戦争には戦うだけの意味があるのだということを証明できる人間は、将軍をおいてなかった。演説をぶつかわりに彼は歩いて前線に出ていった。そこに仁王立ちになり、敵に向かってこぶしを打ち振るった。「さあ、撃てるものなら俺を撃ってみろ!」と彼は叫んだ。それから回れ右をして塹壕まで、まるで闘牛士みたいな足どりで歩いて戻ってきた。夜になると、黄色みを帯びた月の下で、彼は再び前線に立ち、閃光を放って飛び交う銃弾の中で、国歌を歌った。しかしそのような将軍の勇敢さをもってしても、敵軍の前進を阻止することはできなかった。彼は幕舎の中に座って考えをめぐらせた。まわりでは榴砲弾が大地を震わせ、目もくらむような光を放って炸裂し、空気を揺らしていた。とうとう彼は傍らに立っている副官の方を向いた。そして言った、「ここに至っては、何か違った方策をとったほうがよさそうだな」。

「何をすればいいのでしょうか?」と副官は尋ねた。

将軍は立ち上がって、歩き始めた。「何か尋常ならざることだ。こんなことを言うとあるいは酷く聞こえるかもしれないが、私は負傷者を戦いに復帰させようと考えている。武器を与えずに、よろよろとした足どりで戦闘に参加させるのだ。我々は敵に教訓を与えねばならぬ」

将軍は歩を止めた。彼は眉をしかめて、副官をじっと見つめた。「もしそれがうまくいかなかったなら、何人かの兵士たちを素っ裸で戦場に出すのだ。そして無人地帯で踊らせる」

すぐ近くで大きな爆発があった。小さな土くれがテントの屋根を打ち、そのスロープを滑り落ちていった。将軍は続けた、「犬も役に立つかもしれんぞ！　犬を一個師団送り込んでもいい」。

事態はますます悪化していった。ますます多くの人間が死んでいった。あるいは憐れみからなのか、それとも弾薬を節約する必要があったからなのか、敵はその砲撃の手をゆるめた。しかし沈黙の間合いは、砲撃に劣らず恐ろしいものだった。

ある夜、将軍は蠟燭の光でクラウゼヴィッツを読んでいた。今では敵の咳まで聞こえるようになっていた。将軍は頭を傾けた。それらの咳は彼の方に向けられているように思えた。

「将軍、あれはテープに録音された咳の音です。あんなに具合の悪い兵隊を戦わせるような軍隊はどこにも存在しません」と副官が言った。

将軍は黙っていた。夜の沈黙の密度は、戦争の心労と同じくらい重く、彼の沈んだ肩にのしかかっているように感じられた。彼は椅子に沈み込んだ。そして灰色の鬚のはえた顎を手でごしごしとこすった。「連中に、自分たちが病気なんだと思いこませることができないだろうか。数百人の看護婦をやつらのところにパラシュート降下させたらどうだろう。夜にそれをやれば、真っ暗な中で看護婦の白衣が鮮やかに輝いて見えるじゃないか」

副官の顔に驚愕の色が浮かんだ。「それはまことにビューティフルなお考えです」

「君は驚くのかね?」と将軍は言った。「私のような生粋の軍人が、そのような美的感覚を有しているということに対して。この時代における最良の軍人の一人が、レンブラントを愛で、大いに涙することに」

将軍は続けた。「もうひとつある、副官。もし君が捕虜になったなら、親指をなめて、しくしく泣くといい。敵は君のことを子供か阿呆だと思うだろう。そして君を傷つけたりはしない」

Ⅱ

大統領「やあメル、君かい?」
将軍「イエス・サー」
大統領「ずいぶん遠くにいるみたい」
将軍「たしかに遠くにおります」
大統領「なあメル、私は君のやった仕事に満足している」
将軍「しかし私たちは敗北いたしました。勝とうと思えば、勝つこともできたのです」

大統領「たしかに負けた。そうしなくてはならなかったのだ。我々は負けることによって勝利したのだよ。我々の人道性は、これでもう疑問を呈されることはない。考えてもみろ。もし我々が勝利を収めていたら、もし我々があの悪魔どもを粉砕していたなら、世界中から我々がどのように思われていたことか！」
将軍「お話はよくわかりました。しかしなおかつ私は、我々はあの戦争に勝つべきだったと感じているのです」
大統領「おいおいメル、あれでよかったのだよ。弱さこそが、強さだ。我々は複雑なる国民であり、複雑さくらい恐怖心を生み出すものはないのだ。みんなは我々のことをおそれているんだよ、メル。何故なら次に我々が何をやるか、彼らには見当がつかないからだ」
将軍「いったい誰がおそれているのですか？」
大統領「この腐りきった世界だ。めそめそとした国々のだらしない寄り集まりだ。みんなだ——すべての男、女、そして子供たち！」

Ⅲ

戦争によってずたずたにされたその小さな国に静けさが訪れた。頭上を小鳥たちが静かに飛んでいた。木々の上の方では、枝が葉をたっぷりと茂らせていた。人々が三々五々語らいながら道路を歩いていた。その道路の瓦礫はまだ部分的にしか片づけられてはいない。やるべきことはあまりなかった。どちらの側も今から引き揚げようとしていたし、どちらの側も自分たちの正しさを主張していた。

首都に近いとあるホテルで、将軍は帰国する準備をしていた。バスタブの灰色のお湯に浸かって、将軍は手足を伸ばし、石鹼で体を洗い、ぴちゃぴちゃと波を立てていた。傍らにはタオルを手にした副官が控えていた。

「波はいいなあ。俺は波が好きだ。真珠色の波。どうかね、副官?」

「イエス・サー、私も好きです」

「なあ副官、俺は不幸で病弱な子供だったんだ。信じられるか? 今ではこんなにえらそうに胸毛まではえているというのにな」

「ノー・サー、信じられませんね」

「でもな、副官、実はそうなんだよ」

副官は微笑んだ。将軍は上機嫌だった。戦争は終った。まもなく彼らは帰国の途につくことになる。

そのあと将軍と副官は広いドレッシング・ルームの真ん中に立って、マホガニーの大きなタンスについた全身大の鏡に姿を映していた。将軍はあっちを向いたり、こっちを向いたりして、副官はコロンの瓶を手に、いつでもスプレーできるように身構えていた。

「どうだ男前か?」と将軍が尋ねた。

「イエス・サー、男前でいらっしゃいます」

「帽子はかぶった方がいいか、かぶらん方がいいか?」

「無帽の方がお似合いかと思います」

「正式軍装はどうだ、副官?　野戦服とどちらが似合うかな?」

「むずかしいところであります」

「むずかしいと言ったか、副官?」

「イエス・サー、むずかしいです」

「つまりどっちでもかわらんということか?」

「ノー・サー」

副官はしばらく考えた。それから将軍の方を向いて言った、「閣下はどんな服をお召しになっても、男前でいらっしゃいます」。

Ⅳ

将軍が飾り気のない質素な郊外住宅に戻ったとき、奥さんのエイプリルはすぐにラッパを手に取り、消灯ラッパを吹き始めた。彼女は夫をくつろがせるための才能を持っていた。二人はカウチに並んで座った。彼は妻の手を取って、キスした。彼は二人で初めて会った日に動物園の熊の檻の前に立っていた彼女の姿を思い出した。彼女は小柄な女性で、小ぎれいな身なりをして、まっすぐな黒い髪をほとんど腰のあたりまで垂らしていた。しかし何よりも人目を引くのは、彼女の肉付きのいいお尻だった。それは腰のくびれからアーチのように突き出し、筋肉質のたくましい両脚の上のところに誇らしげに浮かんでいた。彼は自分の関心がエイプリルと熊たちとのあいだで引き裂かれていたことを記憶していた。締まりなく毛皮に覆われ、都会の濁った空気の中で力なく足を引きずりながら、熊たちはのそのそと、どうでもよさそうに、岩と岩のあいだを往復していた。彼は熊たちが好きだったし、どうやらエイプリルも同じ好みを持っているようだった。その後二週間のあいだ、二人は同じ場所で毎日会い続けた。しかるのちにメルヴィル・モンローはエイプリル・ロドリゲスに結婚を申し込み、彼女はそれを受けた。

家庭生活の喜びも、それほど長くは続かなかった。将軍は戦時の日課を懐かしく思い出すようになった。そして自分の部屋で長い時間、じっと気を付けの姿勢をとって、立っていることが多くなった。それは軍隊に対する敬意の発露であり、上官に対して捧げられる祈りであった。彼は声に出して自分自身に対して命令を与え、自ら敬礼をした。

彼が一人でそのような直立不動の姿勢をとっているときに、エイプリルが部屋に入ってきた。メルが軍隊に対する愛を抱き、故国に対する熱い情を有していることを、彼女は一目で見て取った。それは人並みのものではなかった。彼女は夫を見つめた。そして彼の目の中にあった何かが――それは心を焼くものであり、秘密を含んだものであり、隔たりと暗闇と、知識と甘美さを喚起するものであった――彼女を興奮させた。何をするべきかを問う必要はなかった。彼女は夫の隣に立って、同じく気を付けの姿勢をとった。

V

大統領「やあ、メル。君かね？」
将軍「イエス・サー」
大統領「ずいぶん遠くにいるみたいに聞こえるな」
将軍「そうなのです、サー」
大統領「なあメル、私は君のやった仕事が気に入っている。だから新しい任務に就いてもらいたいと思っているんだ」
将軍「どんなことでしょうか、サー？」
大統領「もう一度我々の人道主義を強調するために、我々は小国が自らを統治する権利を護ろうと思うのだよ、メル。わが国は戦争に戻るのだ」
将軍「承知いたしました、サー」
大統領「そしてな、メル、荒っぽいことはなしだぞ。何人かは殺していい。でも女子供には手出しするな。ありがとう、メル。君ならうまく責務を果たしてくれるだろう」

Ⅵ

戦争はまた前と同じ道を辿っていった。将軍は負け続けたが、もう負けても気にしなくなっていった。そんなことどうでもいいのだ。何だってかまやしない。将軍には今では虚栄心が見えるようになっていた。日々を昂揚させ、空虚さを紛飾する派手なあれこれを。勲章や綬《じゅ》をつけたり、いい年をした大人に胸に経歴を飾らせるような軍隊の慣習がいかに子供っぽく薄っぺらなものか、彼の目にはそれが見えるようになっていた。だとしたら、もし軍が彼に相応な年金を出してくれて、平和時の限定戦争をこれ以上遂行しなくてもいいようにしてくれるのなら、それでいいじゃないか。これ以上軍務に留まるべき理由は彼にはなかった。彼は自分を時間から時間へと導いてくれるべきものを持たなかった――欲望も、目的も。彼の日々は長く、光を欠いたものであった。エイプリルは遠く離れたところにいた。そして副官には年老いた戦士の幻滅を解することはできそうになかった。ラッパは誰かほかの人間のために吹かせておけばいい。行進は彼を抜きにしてやらせておけばいい。

将軍は頭を昂然とかかげ、丸腰で地雷原の中に歩を踏み入れていった。そこに入ると、彼はやたら走り回って、なんとか地雷を踏んでやろうと試みた。ときおりぱっと炎が立って、死を追い求める彼の姿が照らしだされた。彼はまるでウサギのように疾走し、ぐるぐると回り、飛び跳ねた。でも死に追いつくことはできなかった。彼は生き延びた。敵側の茂みの中にもぐり込み、声を変えて味方の兵隊を嘲って、自分を撃たせるように仕向けた。でも弾丸は一発も当たらなかった。敵の戦車が徘徊するところまで行って、轢かれることを求めて地面に身体を横たえた。しかし戦車はがらがらと大きな音を立てながら、違う方向に行ってしまった。死は彼を捉えようとはしなかった。捉えるどころか、かすろうともしなかった。

Ⅶ

将軍は人が変わったようになって帰国した。軍服を脱いで、彼は静かな生活の中に身を置き、日常を司る一連の儀式を自らに課した。でもそれはあまりうまくはいかなかった。ゴルフ、園芸、不動産探し、そのどれにも彼は関心を持ち続けることができなかった。エイプリルでさえ退屈な存在に思えてきた。しばらくのあいだ、彼は大統領が電話をかけてきてくれることを期待して待っていた。でも電話はかかってこなかった。副官が昔話をするために彼を訪問することもなかった。将軍は戦時の興奮を懐かしく思った。天使の送る雷鳴のような遠くの砲声を、行進する部隊のソフトな太鼓の響きと、ざっざっという足音を渇望した。彼は戦争の気高い目的と、その命運の模様と、その厳粛なる喜びを、胸に感じつつ日々を送った。揺り椅子に座って、過去のいくつかの戦役を頭に再現し、どうすればそれらに勝利を収めることができたかについて考えた。彼はますます多くの時間を、そのような至福に満ちた事実の改変に費やすようになっていった。彼は兵隊の人形を何百個も買ってきて、ポーチに展開させた。その兵隊の数は増えていって、何千という単位になった。兵士たちはやがて家の一階部分を占拠し、将軍はまるで慈愛に満ちた軍神《マルス》みたいな格好で上から彼らを見守っていた。彼の軍隊は次々に戦闘に勝利を収め、敵を圧倒した。戦車や装甲車両はカーペットのつぶされたけばの上に横転していた。死んだ兵士たちは部屋の隅から隅まで散らばっていった。勝利へと向けられる将軍の才能はまことに偉大なものだった。彼とエイプリルは、何時間にもわたって戦争の音を録音したテープに耳を傾けた。ひゅううっという爆弾の投下音、ライフルの乾いた銃声、戦う男たちの雄叫び。

今に至るまで、戦闘は延々と続いている。夜も更けて、近隣の人々が寝静まったあと、あなたは空襲の猛々しいうなりを耳にするだろう。空中で炸裂する爆弾、行進する男たち、吹き鳴らされるラッパ、そしてなによりも、あなたは将軍の声を耳にするだろう。鋭く命令を下すその声は、頭上のもの哀しい闇の中にのみこまれていくのだ。

ベイビー夫妻

Mr. and Mrs. Baby

ベイビー夫妻が目覚める

カリフォルニアの朝。海は波間を次々にくねらせ、白い波頭をきらめかせ、その身を波打ち際に投げ出しつづけている。空は愛撫にも似た光を、繊細にまんべんなく送り届け、ベイビー夫妻がシーツと毛布に包まれたまどろみの世界に横たわり、隠蔽されている姿を見いだそうとする。彼らはなんと安らかに見えることか。眠りと覚醒とのあいだの差異が曖昧で、どんどん少なくなって、最後には苦痛を伴うこともなく消滅してしまえるというのは、彼らにとってなんと幸運なことであろうか。彼らの覚醒とはしわだらけの寝床とコロンの匂いからゆっくりと起きあがり、気怠くためらいがちな愛の営みの仕草へと移っていくことである。しかし一時間もすれば、彼らは光の世界で、固定性の、装飾の、責務の試練の中で、哀しみのすぐ間近に身を置くことになるだろう。黄泉の国のベイビーたち。

ベイビー夫妻はどのような風貌なのか

ベイビー夫妻はどちらも見覚えのある顔立ちである。ボブ・ベイビーは幅広く生真面目な口を持っている。『ニヒカン族の最後』に出ていたアラン・ロスコーの口だ。彼の青い瞳は『聖メリーの鐘』に出ていたビング・クロスビーの瞳にそっくり、ソフトで、どこか別の世界を見ているような感じだ。しかしときとして、それは『我が道を往く』に出ていたビング・クロスビーそっくりの、きっとした、いい加減なことは許さないぞという感じの厳しさを浮かべる。黒髪は右目の上にはらりと落ちている。クラーク・ゲーブルがいつもそうしていたように。彼の頬には少しほころび加減の硬さが見える。ちょうど『失はれた地平線』のロナルド・コールマンのような、あるいは『カイバー・パトロール』のリチャード・イーガンのような。しかしきりっとしたまっすぐな顎はクーパーそのままだ。『ボージェスト』のクーパー。鼻はヘストンのもの。そのてっぺんから、鼻孔の傾斜にいたるまで。歩き方ときっぱりとした様子は、『あっぱれクライトン』のケネス・モアには一歩及ばない。彼は昔からずっと、タキシード姿で海岸に行くことを夢見ていた。彼の耳は疑いの余地なくハーバート・マーシャルのものだ。彼の眉は完璧な頂を作っている。その濃さも文句のつけようがない。言い換えれば、エロール・フリンそっくりだということだ。『進め龍騎兵』におけるあの偉大なるフリンに。彼の体つきには、ああ、とくに見るべきものもなく、『ワンス・アポン・ナ・ハネムーン』以降のすべての出演作におけるウォルター・スレザックそっくりの、色あせたような赤みを帯びている。

ベイブ・ベイビーの顔はローラ・ラプランテそっくりのえもいえない甘さを浮かべている。しかし彼女の瞳には柔らかさがある。『熱砂の舞』におけるヴィルマ・バンキーそっくりに、斜めに下がっているのだ。にもかかわらず、彼女の目には、とりわけ左目には、ドロレス・コステロのタッチが見受けられる。頰は高いけれど、ガルボの頰よりはいくぶん低い。そしてとくに微笑んだときにはクローデット・コルベールの頰のように、ふっくらとしている。ベイブはまた健康そうにも見える。そういう印象を受けるのは、鼻のかたちのせいだ。その鼻はグロリア・グラハムのような完璧なかたちをしているわけではない。ベティ・ハットンのような荒々しさを備えているのでもない。イングリッド・バーグマンのように湾曲しているわけでもない。ドナ・リードやジョーン・ベネットのように鼻孔が大きいわけでもない。それはあの燦然たるジャネット・ブレアの鼻に似ている。小生意気だが、がつがつしたところがない。キュートだが媚びてはいない。貴族的ではあるけれど、非デモクラティックではない。ベイブは淡い茶色の髪を後ろになでつけて、短くまとめている。ノーマ・シアラーが『自由の魂』でやっていたみたいに。彼女の足どりはきっぱりとしている。混じりけなしのローレン・バコールだ。彼女は、状況次第では、『紳士協定』におけるセレスト・ホルムみたいに威厳のある落ちつきを見せることもできる。あるいは『偽の売国奴』のリリ・パルマーみたいに。そして何よりも、彼女は『異教徒の愛の歌』におけるエスター・ウィリアムズみたいな、たくましくも涼しげな沈着さを身につけている。

朝食の席でのベイビー夫妻

二人は一緒にいると、安らかな気持ちになれた。でも時折、彼らの心がふと後悔の念に染まることはある。あるいは不幸に染まることとさえある。とはいえ、その不幸でさえ——それは深い不幸、もう後戻りすることのできない悲痛な思い、と言ってもさしつかえないのだけれど——胸のうちにあるものの幾ばくかを分かち合うことを、彼らにゆるしている。そして長い年月をともに暮らした多くの人々がそうであるように、彼らは相手がどう答えるかだけではなく、何を質問するかということさえ予想できる。だからボブが朝食の席でこのように話し出したとき、ベイブが何を考えているのか、彼にはちゃんとわかっていた。

「それで君は、彼らがどこから来たのか知りたいんだね。そしてどのようにしてやってきたかも知りたいんだね。彼らはポーランドやらロシアやら、フランスやドイツやら、トルコやらコンゴや、アイスランドやイタリアからやってきたんだ。中国やフィリピンからやってきたんだよ。彼らは次から次へとやってきて、叔母さんやら従兄弟やら妹やら弟やら、母親やら父親やらをつれてきた。船やら汽車やら飛行機やらでやってきた。歩いたり走ったり、リュックやトランクやスーツケースや箱をかついでやってきた。彼らは波のように、あるいは群をなして、あるいはぽつりぽつりとやってきた。でもそれが途切れることはなかった。夜中にもやってきたし、昼のさなかにもやってきた。激しい嵐の中を来たし、穏やかな昼下がりにも来た。腕を大きく振りながら、足を乱暴に踏みならしながら、ドイツ語やルーマニア語やセルビア語やチェコ語やウルドゥ語を話しながら、彼らはやってきた。帽子をかぶったり、あるいはかぶらなかったり——そういう希望いっぱいの人たちにとっては帽子なんて取るに足らぬことだ。彼らはダーク・スーツを着て、長い裾のドレスを着ていた。太りすぎのものも多くいた。でも彼らは次から次へとやってきた。大学教授もいれば、煉瓦積み職人もいれば、養鶏業者もいた。でも彼らはやってきた。彼らはアリゾナドに行った。彼らはやってきて、ペンシルヴェニアやモンタナやハワイに行った。彼らはスミス一家や、ゴールドバーグ一家や、ロドリゲス一家や、ベイビー一家だった。そうだよ、ベイビー一家も彼らの一員だった。その半分であり、その全部だった。誰もがベイビーであり、ベイビー一家はみんなだったのさ」

ベイブは黙っていた。それから自分の前に、そして後ろに（というのは彼女が思わず振り返ったときのため）開けている眺めに気づいたかのように、神経質に笑った。歯止めがきかなくなったように、彼女の笑いはますます速度を増していった。彼女は自分が耳にした話に敬意を表して身を震わせ、声を上げて笑った。叫び声まで上げた。ボブは自分のスピーチが予想を超えて受けたことにびっくりはしたけれど、彼女が反応を見せてくれたことをこの上なく嬉しく思った。

ミセス・ベイビーは経験する

ベイブは気持ちを新たにして、ビーチにでかけた。彼女の脇には詩集が何冊かはさまれている。彼女は過去についてよりも、未来についてよく考えた。また彼女はこう思っている、日々次々に起こる出来事は、彼女が必要としているものをないがしろにしていると。でも彼女の必要としているものとは何だろう？　そしていったい誰がそんなものを必要としているのだろう？　彼女は砂の上に腰を下ろし、少し本を読み、いつしかぼんやりと考えに耽っていた。

〈もしこれが表面下のことでなければ、深くにあるわけのわからないものに考えを委ねたのでなければ、どうして私はここにたどり着いたのだろう？　ボブのブルーのメルセデスに乗って、渓谷の中へと、そしてまたこの薄れゆく光の中へと、沈むように消えていかなければ、どうして私はここにたどり着くことができただろう？　あなたの眼を、海に、その寄せ来る波に固定しなさい。それから、流れのままに、半昏睡の中をあてもなくさまよいなさい。いくつもの手押し車に載せられた好機のことを、いくつもの船いっぱいに積まれた約束のことを思い出しながら。それらはこの遠くにある今と、交換されてしまったのだ。その砕ける波と、その水の壁と、その泡の塔と！　背をもたせかけて、感覚のまぶしい煌めきに揺さぶられなさい。あなたの耳にする言葉（それはあたかも寄せあつめの音みたいに聞こえる）の造り主はあなた自身であるかのように。あなたが口にするかもしれない言葉の造り主はあなた自身であるかのように。何故ならあなたはあなたが耳にした言葉

の造り主なのだから、そしてたとえほかに誰か造り主がいたとしたところで、彼はこの近辺にはいないのだから〉

このような思いの奔流に突然襲われて、ベイブはすっかり怖じ気づいてしまった。それは彼女の自己ヴィジョンの中に自らを深く刻み込んだ——それは事実、彼女に傷を与えたのだ。だから彼女は自分の心がそのような説明不能な展開を見せたことについて、ボブには何も言わないでおこうと決めた。

ミスタ・ベイビーも経験をする

静けさが風景の中にしのび込み、人が眼にするすべての事物の中に住み着いてしまう時間が、一日の中にはある。すべての木の葉が、すべての雲が一瞬動きを止め、常にはあらざる鮮明さで眼に映る。そしてそのようなときには、あたかもひとつひとつの事物の運命が露わにされたように思える。意識覚醒への、あるいはまた輝かしい水晶のような認識への、このような驚くべき昇華は、自宅の前庭の芝生の上に一人で立っていたミスタ・ベイビーの中でも失われてはいなかった。何故かはわからないけれど気持ちが落ちつかなくて外に出てきた彼だが、彼もまた同じように、自己の中から引き出され、啓示的な光の放つ広大なオーラの中に、存在の驚くべき開示の中に、連れて行かれたのだ。涙をするにはおそらくあまりに深すぎる知識をもって彼は、すべての事物が、それら自身の限りある生命の光輝に包まれ、炎となって燃え上がるのを眼にした。まわりにある世界が突然その平常の姿を取り戻すまで、彼はそこでふらふらとしていた。それから家の中に入り、緑色の絨毯の上を行きつ戻りつした。どう考えても不思議なことだ。どうして私はここにいて、ここじゃないところにいないのだろう？　どうして私はこのような人生を送ることを選んで、このようじゃない人生を選ばなかったのだろう？　私はどうしてこのように感じ、またときとしてこのようじゃなく感じるのだろう？　そのようにしてボブ・ベイビーは、彼にとっての最初の詩を書いた。そしてこのことはベイブには黙っていようと心に決めた。

ベイビー夫妻は昼食を抜かす

間に合わせで何かをするにしても、あるいはなしですませるにしても、ベイビー夫妻は洗練されたやりかたでいきたいと望んでいた。だから昼食の時間になって、二人のどちらもが、テーブルについて何かを食べるための時間が取れないとなったとき、その決断は一種の風格をもって、優雅になされた。ものごとというのは中途半端になされるべきではないとよくわかっていたから、彼らは禁欲の栄光に身を委ねた。今日はリネンのテーブルクロスもなしだ。銀器もなし。陽光に照らされ、靄った食堂の空気の中で、あたかも熟したがごとく、それぞれに香ばしい湯気を立てるお皿の行列もない。タマネギのトナレリもなし。細いリングイーネのフレッシュな茸《フンギ》のソースもなし。それによくあうライトでスモーキーなワイン、ガヴィ・ディ・ガヴィもなし。シシリーを思い出させてくれる、あの茄子添えのパスティッチオだってなし。モツァレラ入りのカロッツァもなし。グリーン・ソースを添えた牛タンもなし。サルド・チーズを添えたズッキーニのグリルもなし。アンチョヴィとタマネギの勢いの良い香りのするプロヴァンス風ピサラディエールもなし。ジンジャーを少しきかせたビング種のチェリーのクラフティもなし。裸のテーブルと紙のナプキンすらない。小皿に盛られた味けないサンドイッチもなし。粗末なグラスに入ったアップル・ジュースもなし。適当な間に合わせは一切なし。食堂は無人であることだろう。そしてベイビー夫妻は、その食物抜きの清澄なるイメージに浸り、その見事なる簡素さに対して、運命のいさぎよい拒絶に対して、音なき拍手を送ることだろう。

ベイビー夫妻は大いに泣く

　でもその拒絶の行使はいささか行き過ぎであったかもしれない。そういう感がなきにしもあらずだった。そして空っぽの痛みが、退けられた食事以上のものにまで膨らんでしまったみたいでもあった。二人は物憂げな気持ちになって、それぞれに椅子の中に沈み込み、外を眺めながら、弱々しい、声にならない溜息をついた。ほんの数時間前に彼らの上にその魔法を発揮した意識の復元力は、今ではどこかに失せてしまっていた。彼らはそれぞれに、あるひとつの行動動機《モチーフ》に敗北してしまったように感じていた。失われた昼食は、そのモチーフのもっとも明白なるしるしに過ぎなかったのだ。彼らは口をきかなかった。まるで口のきき方を忘れてしまったみたいに。お互いのあいだの距離がどんどん開いていくような気がした。そのおかげでおそらく、彼らは今までになくちっぽけに見え、脆く見えてしまうのだ。それ故に彼らの溜息は、涙とすすり泣きへと移っていったのだ。二人は切ない顔でお互いを見やった。彼らの目はこう問いかけているようだった。いったいどうして、私たちはこんな思いをしなくてはならないのだろう？　その答えは、激しいすすり泣き、あるいはまたこぼれ落ちる涙とともにやってきた。ベイビー夫妻は体裁もなにも忘れて、ただおいおいと泣きつづけた。

ベイビー夫妻、話をする

ボブとベイブは涙を拭き、お互いの顔をじっくりと見つめ合った。そのような真剣さは泣き出す前のしばらくのあいだは失われていたものだった。二人のそれぞれが座っている様子は——ベイブは脚を組み、ボブは頭の後ろで両手をあわせている——人生とは良きものであるということを示していた。

「人生とは良いものよ」とベイブは言った。「さっきみたいに感じたなんて、馬鹿みたいだわ」

「どうだろう」ボブは言った。「少し何か食べないか?」

「その方がいいと思う?」とベイブは言った。「それって百合の花に金メッキをすることにならないかしら。つまり私が言いたいのは、人生が良きものであることを証明するためにわざわざ何かを食べることもないんじゃないかしらってことなんだけど」

「君の言わんとすることは、僕にもわかる」とボブは言った。自分たちがどれほど多くのものをくぐり抜けてきたかを思うと、彼はあらためて安らいだ気持ちになれた。部屋の静けさ、陽光に照らされた暖かい空気なども、そのような到達感に寄与していた。すべてのものがうまくバランスを取り、完結しているように見えた。運命の慈愛に身を委ねることは簡単だった。人生は良きものであるというだけではなく、待つだけの価値のあるものだった。

「私たちって本当に馬鹿ね」とベイブは言った。

通りの先の方で犬が吠えた。吠えやみ、そしてまた吠えた。その鳴き声はわびしく、沈黙を破るというよりは、それを計測しているみたいに聞こえた。ボブは気にもとめなかった。彼はその午後が徐々に終息に向かっていく様子を楽しんでいた。いたるところで影が着々とその丈を伸ばしていた。ささやかな風が部屋の中に入りこんで、薄手のモスリンのカーテンを、見えるか見えない程度に揺らせた。「君の言わんとすることは僕にもわかるよ」とボブは言った。

「今の今、私はすごく幸福で、泣き出したいくらいよ」とベイブは言った。そして勢いよく席を立ち、ボブのところに急ぎ足で行って、その頬に軽くキスした。ボブは両手を頭の後ろで組んだまま、微笑んだ。

ベイビー夫妻、パーティーに行く

ときとして夏の宵に、光がすっかり薄れて、すべての事物がもったりとして、疲れはてたような顔つきを見せるとき、その大気の中に収まりの悪さや、人目を忍んださらさらという衣ずれや、欲望の高まりを感じとることが可能であるかもしれない。この夜、ベイビー夫妻が外出の支度をしているとき、約束された冒険が間近に迫っていることはあまりにも明白であったので、近所ぜんたいが愉悦にざわめいているようにも思えた。そしてパーティー会場に向けて歩いていくとき、二人は木の葉の魔術的なまでの親密さに、ほとんど圧倒されんばかりだった。木の葉は緑の香ばしさで、夏の甘い香料で、大気を満たしていた。二人の頭上の、身動きしない楓の枝の天蓋の上では、月がじっとその目を見開いていた。

そのパーティーでは、せわしなく飛び回る人も、ゆっくりと移ろう人も、すべての人が、進んでその友好的な流れの中に溶け込んでいた。彼らはお代わりの飲み物を手にしながら、ところを変えてまわりつづけていた。彼らの声は、室内の低い天井によって弱音化され、ステレオからかすかに聞こえてくるサウンドとごく自然に混じり合った。一晩中、それは変わることがなかった。

とくに何ごとも起こらなかった。失礼のない程度の時間をそこで過ごすと、彼らは歩いて家に戻った。

ベイビー夫妻、眠りにつく

一日も終ろうとしているこの今、ベイビー夫妻は裸になってベッドにもぐり込む。彼らの腕や脚はもうくたくたに疲れている。彼らの頭はぼんやりとして、「虚無《ナッシングネス》」の力と壮大さに屈しようとしている。声にもならない「おお」とか「ああ」とかいった忘却の言葉に。おお、ベイビー夫婦よ！　ああ、ベイビー夫婦よ！　今はどこにいる？　これからどこに行く？　どこだって同じことだ。夜という劇場の神々しき幕《アクト》のあいだ、天空のスーパードームの中（そこでは距離とは減少の単調な寓意である）に、太陽塵の移動やら、暗黒の曲にあわせて踊る物体のワルツやら、様々なものたちの厳粛な通過やらがある。そんなときに君たちがぐっすりと眠りこけているというのは、得体の知れぬ空虚なすきまをあてなくさまよっているというのは、いったいどういうわけなのだ。粒子の容赦なき怒りは、君たちにとって、べつにどうでもいいというのかい？　布団を顎のところまで引っぱり上げたまえ。ぐっすりと眠りたまえ。新たなるベイビー・デーがこちらに向かっているのだ。

ウーリー

Wooley

僕の友だち、ジョージ・ウーリーの話をする。用心深いウーリー。抜け目のないウーリー。心の温かいウーリー〔＊〕。僕がこうしてウーリーのことを語るのは、彼がもう死んでしまったからだ。世間は彼の名を知らなかったし、彼にチャンスを与えなかったし、彼は認められぬままに墓に葬られてしまった。

ウーリーは元気いっぱいの男だった。スポーツマンであり、ゲームの考案者であり、詩人であり、疲れを知らぬ恋人であった。彼はまるで有名人みたいに足どりも軽く動き回った。自分の行く手には、途切れることなく赤いカーペットが敷かれていくのだ、というように。彼は誂えのツイードのジャケットに、色の褪せたコットンのシャツを着て、イタリア製のコーデュロイのズボンに、ジャスティンのブーツをはいていた。彼のうねりのある髪はぴしっとバックにされ、その砂色は瞳の色に合っていた。女たちは彼に夢中になったが、長つづきはしなかった。彼が立ち止まることはなかった。彼はある人々にとっては、てはワイルドなウーリーだった。ほかの人々にとっては変わり者のウーリーだった。僕にとっては驚くべきウーリーだった〔＊＊〕。

あなたが僕の声の中に聞き取るのは、ウーリーの声の影だ。ウーリーに出会うまで、僕は存在しないも同然だった。彼がある夜、ディナーの何人かのゲストに向かって、ロッキー山脈にある自分の山小屋について語っていた言葉を、僕は今でも覚えている。彼は天井を見上げ、両手を前に突き出していた。まるで目に見えないバスケット・ボールを差し出しているみたいに。そして話し始めた。「みなさんはそこに、塔のごとくそそり立つ雲を目になさるでしょう。影の茂みがいくつも浮かんでいます。何かでごっそりとすくわれたような靄。空中に浮かぶミルク色の山々。ブラウスがふうっと膨れ上がり、はじけ飛びます。お尻がそこをぷかぷか漂っていく。脱色されたかつらがあります。粉をふいたじゃがいも。白子の土くれ。あなたがたが見知っているすべての人々の顔が、にじんではぼやけていきます。睡眠につきもののあれこれ――羽毛入りの布団、枕、そして敏捷な羊たち――が、その長い、未完結の経歴を鋭い声で語りながら、強い風に吹き流されて行きます。東から西へと、来る日も来る日も、千篇一律のコミカルな仕草で、ミステリアスな華麗さで、靄に包まれた暑苦しい都市の頭上を……」。いやいや、彼はまったく素晴らしかった！　彼が語り終えたとき、そこには沈黙が降りた。いや、彼の旧友であるこの僕だけが例外だった。僕はしくしくと泣き出していたのだ。僕がそのように身も世もなくしてしまったのは、何も彼のスピーチが素晴らしかったからというだけではない。それは、目の前に置かれたニョッキの皿の、ゴルゴンゾーラ・ソースからたち上る香りのせいでもあったのだ。それは前代未聞、まさに神々しいまでの不調和ではないか！

ウーリーの人生に比べれば、僕のほかの友人たちの人生なんて、みんな核心を欠いているように見える。彼らは退屈さを愚痴る。ウーリーならきっと「昼下がりがいささか長すぎるね」とでも言ったところだろう。トムもハリエットもピートもグリーニーも、フィルもフロスもウィリスもミリーも――要するにほかの連中はみんなということだけれど、彼のことをぜんぜん理解していなかった。彼がテニスの花形であるモンティー・ビアンコにフィールド・クラブでの一騎打ちの試合を挑んだときには、みんな度肝を抜かれたものだ。コートのわきに一台の救急車が停まって、そこから包帯でぐるぐる巻きにされたウーリーが、ラケットをもって、誰かの手を借りてよろよろと出てきたときには、みんな真剣に心配したものだ。彼の姿を見ると、モンティーは肝をつぶして眼をむいた。ウーリーが苦悶に乱れた声で「さあ、サーブしてくれ」と言うまで、彼はどうしたらいいものか途方に暮

＊ watchful, wily, warm という形容はすべて Wooley の w で始まる。
＊＊ wild, weird, wonder という形容も、すべて w で始まる。

れていた。モンティーは三回続けてサーブでダブル・フォールトをやった。四ポイント目にウーリーはモンティーの最初のサーブを打ち返した。しかしそのときに彼はおぞましいまでに巨大な悲鳴をあげた。人間の声を持った象が自分の子供たちを惨殺されるところを目にしたって、かくも苦痛に満ちた声は上げられまいというような代物だった。モンティーは身を凍らせて、ショットをミスした。ここにいたって、さくらとして雇われていた救急車の運転手と看護人が、勇敢なウーリーを助けるために駆け寄ってきて、救急車に連れ戻した。彼のユーモアたるや、なんと型破りであったことか!

ウーリーはゲームの考案に関しては素晴らしい才能を持っていた。しかし彼の考えたゲームは、往々にして正当なる理解を受けなかった。「死神ゲーム」(彼の最高傑作だ)はおそらく時代に先んじすぎていた。それはモノポリー・ゲームに似たボードの上で行われた。競技者はそれぞれにカードを引く。そこにはゲームのあいだに、その競技者がどのような病気を抱え込むことになるかが記されていた。できるだけ長く死の手から逃れていること、それがゲームの眼目だった。誰よりも長生きしたものが勝利者になった。ウーリー、まったくどうして君は死んじゃったんだ!

彼は子供たちが好きだった。しかし彼が子供たちのために考案した人形は、一度として市場に出されることはなかった。人形たちは小さな病の床につくか、あるいは車椅子に乗せられていた。そして、通常の人形がたどる運命とは逆に、愛と励ましがしっかりと与えられれば、彼らは元気になって、また歩き回れるようになった。中にはその見返りに、心を打つような声で「歩けるようになった！　歩けるようになった！」とか「見えるようになった！　見えるようになった！」とか叫ぶことのできる人形もいた。ああ、世間にはなんと近視眼的な親たちが多いことか！　ウーリーを君にも会わせたかったな！

僕は一度、ウーリーに質問してみたことがある。彼がイザベル・ベルと恋に落ちた日々について。彼は言った、「今とはちがう季節のどれかだ。漠然として、特定しがたい季節だった。木々には葉が繁ってもいなければ、丸坊主になってもいなかった。空気は暖かくもなく、冷たくもなかった。それがどんな日々だったか、時節だったか、僕には思い出せない」。イザベルについて彼は悪いことは一切口にしなかった。イザベルは彼を捨てて、軽佻浮薄なモンティー・ビアンコと出奔してしまったにもかかわらずだ。彼は思いやりがあり、無私の男だった。

血を分けた父親に無一文で放り出されたとき、どんな気持ちがしたのか、訊ねてみたことがある。彼は言った、「僕は星空の下に出ていって、僕という存在のちっぽけさの中に入り込んだものだ。そして僕はその中にある空虚さの中に消えた。するとそこは、すごく広々としているように思えた」。やはり怒りの色はなかった。

一度、彼が泳いでいるとき、いろんなものごとは苦労なく君の手に入ったのか、と訊ねた。彼は言った、「僕は世界を小さな目から見ているんだ。その目はあまりにも小さいので、世界の方は見られていることに気づかないのさ」。僕はその答えに胸を打たれて、もう少しで溺れてしまうところだった。

しかし実際には、溺れたのはウーリーの方だった。数年前のことだ。そのとき彼はミリーとピートとグリーニーとフロスと僕と一緒にスケートをしていた。僕らは夜に湖の上に出て、焚き火を囲み、煙草を吸いながら、ウーリーが中央ヨーロッパのいくつもの暗い町について語るのを聞いていた。どこのメインストリートもどろどろのぬかるみ道で、ニワトリたちがそこをあてもなくほっつき歩いていた。突然彼は滑走して、果てもなく続く黒い氷の板のずっと向こうまで行ってしまった。僕らの誰も、そのあとを追わなかった。しんと静まり返った夜空の下で、僕らは身を寄せ合ってじっと突っ立っていた。ぶるぶると身を震わせる、怯えた小さなグループになって。そして冷え切った闇の中を、僕らの呼びかける声が抜けていった。「ウーリー、ウーリー、ウーリー!」

ザダール

Zadar

一人ぼっちになることが、すなわちパニックにとらわれることである、という場合がある。だいたいにおいてそれは、故郷を遠く離れて、言葉も通じず、まわりに知人もいなくて、おまけにその空虚さを隠したりごまかしたりするための小道具も見あたらないというような場合に起こる。気をそらすことができないのだ。旅慣れたはずの人でさえ、そのようなパニックと無縁でいることはできない。それを前にすると、ほんのおざなりの微笑みや、太陽の下の生温かい飲み物や、小さな雲の影なんかが、見当違いな意味あいを持つようになってしまう。我々がセンチメンタルになるのは、このような自己回避の中においてである。

わたしの最後の旅行はダルマチア海岸のザダールだった。わたしはホテル・ザグレブに逗留した。カフェがついた十九世紀風の大きな建物で、そのカフェは明るく輝く狭い海峡と、細長くてのっぺりとした、樹木がまばらに繁る島に面していた。わたしはそこに一人で座って、カンパリを飲みながら、神経質に手の中のグラスをまわしていた。なんだか落ちつかない気持ちで、いつザダールを離れようかと考えていた。そのときにわたしはひとりの女を目にした。どことなく陰気に美しい女で、その姿を一目見たとき、ここを出ていこうというわたしの気持ちは雲散霧消してしまった。彼女はわたしの隣のテーブルに座り、両肘をつき、ときどき手の甲を、何かを拭いあげるような格好で、うなじとほつれた金髪とのあいだに走らせた。彼女と一緒にいる男は、海峡の向こうの島をじっと眺めていた。暑さはかなりのものだったが、二人は飲み物には手も触れなかった。その沈黙はわたしにこう考えさせた。彼らは二人でいることにすっかり馴れているのだ。そして彼らは、互いの中に、情熱の発露を喚起したいとは思わなかった。自分たちの感情が明るみに出され、その結果としてそれが計測されることになるかもしれないような、情熱の発露を。二人のあいだにあるのはおそらく、痛みや深みを欠いた友情だろう（どちらも結婚指輪をつけていない）。彼らを結びつけたのはたぶん、お互いに対する欲望よりは、一人でいることへの嫌悪感なのだ。彼らは恋人どうしとして語り合ったことがあるのだろうか？　二人が出会う前の自分たちの人生を描写し、自分たちの過去の様々の謎に小さな光をあてただろうか？　彼らの関係は、硬質で温もりを欠いた孤立性に依存していたに違いないとわたしは推測した。二人がそこを去るべく席を立ったときに、わたしは女の肩に目をうばわれた。

彼女は少し前かがみになっていた。そしてその長いふくらはぎと、細い足首に息を呑んだ。わたしは彼女の顔を見上げた。官能的な顔立ちではあったが、そこには緊張の色が満ちていた。いや、緊張というよりは「苛烈さ」という方が近いかもしれない。彼女はじっとわたしを睨んでいた。それから振り向いて、その男と一緒に行ってしまった。

そのあと、太陽が沈んでから、わたしは町の中心まで歩いていった。その女の姿がわたしの頭を去らなかった。彼女の凝視の中には何かしら非難めいたものがあったように、また彼女の肩の運び方には何かしら打ちのめされたものがあったように、わたしには思え始めた。それから彼女の脚のことを考えた。丸いヴェネチア風破風《はふ》を夏の暗闇の中に気怠くそびえさせた聖マリア教会のファサードの前に立って、わたしはその女がスカートの裾をそろそろと持ち上げ、明かりを受けたその太腿――そのほっそりとした形、その滑らかさ――をわたしの目にさらすところを想像した。彼女のスカートが肌に触れるさらさらという音が、わたしの背筋にふるえを走らせた。そして、ふと後ろを振りかえったとき、まるで祈りがかなえられたかのように、わたしは彼女の姿を目にしたのだ。屋外カフェの前を、ホテルの方に向かって歩いていく彼女の姿を。彼女はぴったりとした淡いグリーンのドレスを着ていて、それは彼女の身体の曲線をいっそう誇張して見せていた。腕を曲げ、そこに白いハンドバッグを下げていた。その数歩後ろを男が歩いていた。わたしは二人のあとを追うようにして、ホテルまで歩いた。そして外でそのまましばらく待って、彼らが部屋の明かりをつけるのを見届け、どの部屋に泊まっているかを確認した。

翌朝わたしはホテルの前のテーブルに座ってコーヒーを飲んでいた。そこからは彼らの部屋の窓を見上げることができた。しかし女は顔を見せなかった。わたしはあきらめて波止場の対岸まで客を運ぶ手漕ぎボートの乗り場まで歩いていった。天気の良い日で、そのボートがわたしをボリクの防波堤に下ろしてくれたとき、わたしはビーチに行こうと思った。わたしは町の通りを抜けていった。通りにはくたびれた十九世紀の屋敷や、鎧戸を下ろされ彩りを欠いた大きな夏別荘や、がらんとした空き地が連なっていた。空き地には建築途中の、コンクリートを流し込まれた家屋の枠組みが、まるで持ち主に既に見捨てられてしまったみたいに放置してあった。海水浴場に着くと、わたしはボートを借りて漕いだ。それから漕ぐのをやめて、のんびり漂いながら持参した小説を読んだ。シャツを脱ぐと、太陽がわたしの背中と肩を温めてくれた。何かに意識を集中するのは難しかった。しょっちゅう誰かの声が水面をわたって聞こえてきて、そのたびにわたしは顔を上げて声の主を確かめることになったからだ。驚いたことに、ビーチの背後に、街着を着たあのカップルの姿が見えた。彼らはどうも言い合いをしているみたいに見えた。わたしの心臓はどきどきと音を立てた。男が彼女から去っていくかもしれない、あるいはわたしが彼女の救助に駆けつけることになるかもしれない。突然男がくるりと後ろを向いて、歩き去った。彼女はそのままそこに立っていた。それから海の方に目をやって、ボートの中からじっと彼女を見つめているわたしの姿を認めた。彼女は微笑んで、スカートの中に手を突っ込み、パンティーを脱ぎ下ろし、それをハンドバッグの中に突っ込んだ。その素早く、意表をついた粗野さにわたしは度肝を抜かれ、あやうくボートから落ちてしまうところだった。

午後遅く、ホテル・ザグレブの正面のカフェは、夕方の最初の涼風を味わいながら夕日を見物しようという人々で溢れる。全ての人がかすかな香りの漂う夕暮れの大気の中に集い、彼らの頭上では木々の葉がところどころにすきまのある天蓋を作り、細い幹を黒く染めている。わたしのような外国人には、まわりで何が話されているのか見当もつかないが、海峡の暗い水面を船が行き来するのを見物していることはできる。女の顎は重ねられた両手の上に乗せられていた。そしてその目はずっと男から背けられていた。男は黙っていた。彼女のドレスには見えるか見えない程度の破れがあった。ひとつは左肩のあたりで、もうひとつは左肘の少し上の袖のところだった。彼女はいかにも冷静に見えた。口もとはリラックスしていて、その灰緑色の瞳には、わたしには憧れのように思えるちょっとした色が浮かんでいた。ドレスの破れはつかみ合いをした結果ではないのだろうかとわたしは推察した。口論が本物の殴打に発展したのか、それとも彼女が物理的に報復したのだろうか。

私は彼らの愛の営みが荒々しいものであった可能性についても考えてみた。そして私の視線は海峡に漂っている小舟の方へとさまよっていった。

わたしは、自分が本来の気質とは明らかに相いれない行動をとったことに対して、自らを責めもしないし、あるいはまた許しもしない。わたしの唐突な妄想はあまりに大きく、またあまりに愉楽的なものであったので、良心の介入は、不幸や自己叱責をもたらすというにとどまらず、わたしが何よりも恐れていたパニックを引き起こすことになっただろう。わたしはあてもなくホテルを出て、あのカップルはいったいどういう関係なのだろうと、真剣に頭をひねった。あの女は取り返しのつかない過ちをおかしてしまって、そのことで連れのあの男を傷つけることになって、それ故に不幸なのかもしれない。彼女の沈黙はおそらくは、浮気をして、その責めを受け入れたり罪悪感を感じたりすることをかたくなに拒否している結果なのだ。いや実は、彼女が男の顔を見るのを避けているのは、ただ単にあきらめきっているからかもしれない。更に言うならば、退屈しきっているからかもしれない。

再びわたしは彼らの部屋の窓を観察することのできる席で朝食をとった。女が薄地の白いバスローブを羽織って、海を眺めるために窓際に姿を見せたとき、わたしはその身体の輪郭をうっすらと見て取ることができた。彼女が部屋に引き込むために身体の向きを変えたとき、バスローブがはだけて、にじんだような肌の白さを目にすることもできた。このときもまた彼女は、わたしの視線を目に留めたに違いない。というのはすぐにまた窓辺に姿を見せたからだ。彼女はさっきと同じくバスローブの前をはだけて、そこに立っていた。わたしはまるで凍りついたように、じっと窓を見つめていた。どれくらいそれが続いたのか、よくわからない。更にあとになって、聖ドナートの背の高いビザンチン風の教会を眺め、ナゾル公園の中を散歩しているときにも、ずっと考えていた――わたしはホテルの彼女の部屋に行くべきではないのだろうか、と。わたしは窓ガラスの背後にぼんやりと浮かぶ、彼女の肌をちらちらと見続けていた。そして彼女はベッドに横になって、わたしを待っているんだと考え続けた。

その日は遅くになってどんよりと曇ってきた。雨の予感があった。風がカフェの天蓋をはたはたと揺らせて、通りには人気がなかった。海上では小舟が上下に揺れ、鐘がかんかんと音を立てていた。私は美術館に行って、部屋から部屋へと歩き回り、金や銀の遺宝箱が詰まったガラス・ケースの中をのぞき込んだ。でも心は落ちつきを失っていて、何を見てもほんとうには目に入らなかった。またわたしはかすかな虫の知らせに心を乱されてもいた。だから最後の部屋に入って、まるでわたしを待ち受けていたみたいに女がそこに立っているのを目にしても、とくに驚きもしなかった。わたしはしばしば思うのだが、我々が自分たちのために選んだ世界の裏側には、もうひとつべつの、選ばれなかった、説明のつかない世界が存在し、それが我々を選ぶことになる。それは偶然の世界であり、出会いがしらの世界であり、そこでは願いが叶えられることになる。ただそれはきわめて希にしか我々の前に姿を現さないし、姿を現したときには、否応なしに我々をまるごと呑み込んでしまう。普通の場合それは我々をおびやかし、心を激しく震わせ、通常の選択によって成り立った世界の安全性から、遥か遠く離れたところまで我々を引っぱり上げてしまう。だからこそわたしはそのとき、茫然自失、何をしていいのかわからない、というような羽目にはおちいらずにすんだのだ。わたしはまっすぐに女のところに行って、その手を取った。

外の黄昏の中では、大粒の雨がもうぽつぽつと降り出していた。我々は急ぎ足でホテルに戻った。そのときになっても、彼女に何かを話しかけようという思いはわたしの脳裏をちらりともよぎらなかった。わたしを沈黙させたのは、自分が陳腐に見えたらどうしようというおびえではない。あるいはまた、この女と自分が共通する言語を持たないのではないかと案じたからでもない。口を閉ざしていたのは、彼女がわたしを導いていたからだ。わたしには彼女の歩を止めさせるつもりはなかった。どこに向かっているかは明らかなのに、「どこに行くんだ？」と訊ねるのは愚かだし、あるいはまた「君の連れの男がそこにいたらどうするつもりなんだい？」と訊ねるのも愚かだ。彼女はそんなことはまったく気にもとめていないし、わたしが気にする必要もないと考えているように見えた。

ホテルの小さなエレベーターに乗り込んだとき、彼女はわたしの手を取って、それを自分の腰に回した。わたしは身をかがめて、彼女にキスをした。エレベーターのドアが開いたときにももう一度キスをした。彼女の部屋のドアの前に来たときにも、とても手短に一度。女はハンドバッグの中から鍵を取り出した。しかしそれを鍵穴に差し込む前に、ドアをノックした。応答はなかった。彼女はそのまま鍵を回してドアを開け、我々は中に入った。わたしはその日のずっしりとした何かを今でもはっきりと思い起こすことができる。どんよりと曇った空、その湿気。非常に異なった何か、でもわかるかわからないかというくらいの何か——そのせいで、戸口の敷居を越えたとき、わたしはその女に対して突然の恐怖を感じたのだ。わたしの記憶の中で、その部屋の暗闇の何かが、彼女の香水の、マスクなりジャスミンの香りなりと混じりあっている。ベッドの足もとの小さなテーブルの上に、赤い花が一輪さしてあったことを覚えている。わたしは自分がその部屋に足を踏み入れたときのディテイルを思い起こそうと何度も努力してきた。でもそこはあまりに多くの影に包まれ、あまりに暗かった。外の街路灯は通りの角にあって、ぼんやりとした弱い光を窓のあたりに送っているだけだった。どうしていいか心の定まらぬままに、わたしは戸口に立っていた。そしてベッドのわきの、仄かな明るさを残しただけの闇の中で、女が時間をかけて、ほとんど気怠くといってもいいくらいとてもゆっくりと、着衣を脱いでいく姿を見ていた。わたしはそこで起こっていることに困惑し、戸惑っていた。わたしの欲望はどこか遠くにあって、実体を欠いているように感じられた。それから彼女はわたしの方にやってきた。するとわたしの中の奇妙な感覚はどこかにあっけなく消えてしまった。外では雨が激しく降り始めた。わたしは小舟がその係留綱をかたかたと引っ張っている様子を思い浮かべた。

部屋の中は蒸し暑かった。窓を開けたくても、雨が吹き込む恐れがあったのだろう。ベッド・スプレッドの上に横になった彼女の肌が涼し気に見えたことを、わたしは覚えている。そして窓を打つ雨粒に比べて、彼女がいかにひっそりと静かであったかということを。彼女はほとんど息をしていないようにさえ思えた。それから稲妻がぱっと部屋全体を明るく照らし出した。そしてその静止した一瞬、わたしには自分というものがひどくちっぽけに感じられた。ほんとうに取るに足らないくらいちっぽけなものに。そしてわたしの中にあるすべてのものが、存在することを停止したように思えた。わたしは別世界にいた。それは見捨てられた世界であり、時間からこぼれ落ちた世界のように見えた。というのは、部屋の奥にある安楽椅子に、あの男が座っていたからだ。男はじっとベッドのほうを見ていた。彼は白いシャツの首のボタンをはずし、両方の袖を巻き上げていた。男が何かをしでかすのではないかと、わたしは恐れた。しかし彼は何もしなかった。秘密を包むには十分ではない暗闇の中で、わたしは女の傍らにとどまり、彼女の太腿にときおり静かに指を這わせ、ほんの少しだけ体を動かして彼女の肩にわたしの頰を寄せた。やがてわたしは案ずるのをやめた。男は我々二人を見ていた。彼が立てる物音は、脚を組んだり、組み直したりするときの音だけだった。彼はじっと見つめ、女はわたしの隣に身を横たえ、わたしは何もしなかった。やがて空が明るくなり、わたしはそこを離れた。

ケパロス

Cephalus

I

ケパロスとプロクリス

プロクリスは姉のオーレイテュイアよりも美しかったし、高名な女優である母親よりも美しかった。彼女の中には何か特別なものが流れていた。彼女は自由闊達で強靭な獣のように、優雅に歩を運んだ。それでいて野卑なところも、挑発的なところもなかった。誰かが話しかけると、彼女はまっすぐ相手の目を見た。その潤いのある緑色の瞳は真実を要求しているように見えた。彼女は自分の経験したことに対して厳格な注意を払ったので、おかげでその年齢にしては不相応に賢くなった。そしてその生真面目さは、力強いエロティシズムへとかたちを変えていった。私がプロクリスにひきつけられたのは、何よりもそのせいだった。

結婚して最初の数カ月は、幸福のうちに過ぎた。我々は家にいて料理を作り、暖炉の火を見つめて、遅くまで起きていた。しかししばらく時間がたつと、私はまたどうしても狩りに出かけたくなってきた。そして朝早く、まだプロクリスが眠っているうちに、私は起きて家を出た。そして本能に導かれるように、良き狩場として記憶している場所を目指した。太陽が昇った。暖かくなり始めた。ほどなくひらけた場所に出て、私はそこで上着を脱いだ。突然あたりがすごく静かになった。不自然なくらい静かだ。私は自分が誰かに見られていることに気づいた。それから何かが、近くにある花の茂みの中でごそごそと動いた。いったい何だろうと思って近づいてみると、そこにひとりの裸の女がいた。彼女は石の上に座って、身体を隠そうともしなかった。その落ちつきぶり、その冷ややかな容貌や、とりすました気配のせいで、彼女はいかにも高貴に見えた。「君は誰だい？」私は訊ねた「私はオーロラ」と女は言った。そして歩いてこちらにやってきて、私と握手した。「私は暁の女神なの」と彼女は続けた。「なるほど」と私は言った。でも私がほんとうに見ていたのは、彼女の長い脚と、陰毛と、胸と、リタ・ヘイワースを想起させる顔だけだった。もっとも彼女の目ははるかに力強かったけれど。はっと気がつくと、彼女は私の手を引いて、森の中にある自分の小屋の中に連れこんでいた。私は彼女のベッドの上にいて、彼女は私の上にのしかかっていた。「だめだよ」と私は叫んだ、「私は妻のことを愛しているんだ」。「黙って！　今は何も言わないで！」とオーロラは私の耳をかじりながら言った。「でもそれはほんとうなんだ。私はプロクリスを愛している」。「しいいいっ！」とオーロラは言った。そして手をそっと私の口にかぶせた。私の抵抗は弱くなり、やがては彼女の強い力に屈してしまうことになった。そのあと二人で飲み物を飲んでいるときに、私はそろそろ家に帰らなくてはと持ち出した。しかしオーロラは（彼女はまだ素っ裸のままで、ふたつの枕にもたれ掛かり、指の先で自分の乳首を軽くもてあそんでいた）言った、「もうちょっとここにいなさい」。そして再びあっと思うまもなく、彼女は私のシャツのボタンをはずし、ズボンを脱がしにかかっていた。「もう暗くなっているわ」と彼女は言った、「帰りの道も見つけられないわよ」。そんなわけで、私はそこで一夜を過ごした。次の夜も、またその次の夜も。四日目になってやっと私は食べるものを手にした。そして衣服を身につけることを許された。「妻のことが心配なんだ」と私は言った。「私の身に何が起こったのかと心配しているに違いない」。私の文句を聞き飽きていたオーロラは言った。「じゃあ奥さんのところに戻ればいいじゃない！　でもこれだけは言っておきますけれどね、良い結果にはならないわよ。私は未来については多くのことを知っている。そして結婚というのはだいたい長続きしないものなのよ。あなたはきっとこう思うことでしょう。ああ、プロクリスになんて会わなければよかったのにってね」。そしてオーロラは私を家に帰してくれた。さよならのキスさえせずに。

帰り道、私はオーロラの口にしたことについて考えてみた。そしてなんだか気になり始めた。私が留守にしているあいだ、プロクリスは誰かよその男と寝たのだろうか？　彼女の若さと美貌を思えば、男たちがちょっかいを出したがるのは目に見えている。でも彼女の性格からして、そんなに簡単に浮気をするとも思えない。とはいえ私は何の説明もなく、一週間近く家を空けていたのだ。私がそんな風にだしぬけに姿をくらまして、その一方で彼女に絶対的な貞節を求めるというのも、考えてみれば虫のいい話じゃないか。私のやったことだって相当いかがわしいものだが、それ故になおさら、彼女の身にもあるいは同じようなことが起こったかもしれないぞと私は想像を巡らさないわけにはいかなかった。私は疑いの心にうち負かされて、こう決心した（恋人たちというのは愚かなものだ）。このもやもやとした疑念の正否を問うてみようじゃないかと。プロクリスの名誉をひとつ試してみようじゃないかと。私は人相を変え、新しい衣服をまとい、人に気づかれぬように自分の住む町に入っていった。

家には変化らしきものはなかった。私が留守をしている間に何か普通ではないことが起こったような気配はどこにも見受けられなかった。ドアをノックすると、プロクリスが出てきた。彼女の姿を目にした瞬間、私はくだらないテストなんか放り出して、彼女を抱きしめたいという思いに駆られた。彼女が夫の身を心から案じていることは一目でわかった。彼女の緑の瞳の、白目の部分にはピンク色が混じっていた。泣きはらしたか、あるいは眠れなかったのか、そのどちらかだろう。いつもとは違って、黒髪はほどけ、顔にかからないようにきちんと後ろに束ねられてはいなかった。唇は青ざめていた。しかしそれでも彼女は美しかった。私は彼女に向かって、自分は御主人のケパロスの友人であると言った。夫は留守にしていますと彼女は言った。でもとにかく家には入れてくれた。夫の行方について何か情報が得られるかもしれないという一縷の希望を抱いて。いずれにせよ夫について話をすることは、彼女に良い効果を及ぼしたようだった。というのは、会話の途中で彼女は一度か二度微笑みさえしたから。翌日私が、彼女の夫の居場所について話しあうことを明白な目的として戻ってきたとき、彼女はまた少し微笑みを顔に浮かべた。でもどちらのときも、私と会っているあいだずっと、彼女の顔はどこまでも生真面目で、ほとんどふさぎこんでさえいた。私はちょっと軽口をきいて彼女を慰めようとした。「まあ、ケパロスが戻って来なくても、私と再婚すればいいじゃないですか。私ならあなたをひとりにしてどこかに消えたりはしませんがね」。「私はいつまでも彼のことを待っています」と彼女は答えた。「どれだけ長くかかったとしても」。そして彼女は私を家から追い出した。

翌日彼女に会うのは簡単ではなかった。とうとう彼女をつかまえたとき、ケパロスについての情報を持っているのだと言うことで、やっと彼女は私と話をしてくれた。「町で彼の姿を見かけた友人がいます」と私は言った。そして彼女を外に連れ出そうとした。私とケパロスとは昔からの友人だし、彼はそんなこと気にはしませんよと言って。彼女は首を横に振って言った、「あなたが何を考えているのか、私にはわかりません。しかしこれだけは覚えておいて下さい。私は誰かと連れだって外をうろつくようなことはしません」。まともな頭を持った人間がこれ以上の何を求めるだろう。自分のとった行動について思い起こすたびに、私は胸がむかつく。それに比べれば、彼女の行動は実にあっぱれなものだった。彼女が私に耐えたことだって、親切でなくてはできないことだった。何かしら口実をつけて、私が彼女に厚かましく言い寄らなかった日は一日としてなかったのだから。自分にふさわしいだけの苦しみを受けるべく、私は最後の力を振り絞って彼女にひとつの提案をした。もし一晩私と寝てくれるなら千ドルを差し上げましょうと。「あなたは頭がおかしいんでしょう」というのが彼女の答えだった。「じゃあ一万ドル払いましょう」と私は言った。「私と寝るために一万ドル払うんですって」と彼女は言った。「たった一晩でいいんですよ」と私は言った。彼女の顔に迷いの色が浮かんだ。それこそが私の求めていたものだった。「君の心は動かされたね」と私は言って、仮面をかなぐり捨てた。「ごらん。

私はほかでもない、君の夫だ」。それが私であったことを知って、彼女は椅子から立ち上がり、何も言わず、ただの一言も発することなく、私のもとを去っていった。

彼女は、家を追われた女たちの集団に入った。彼女たちには住むべき場所もなかった。山の中をさまよい、ディアナ神をあがめ、男たちを憎み、木の根や実を食べ、殺せる獣ならなんでも食べた。もう二度とプロクリスに会うことはできないだろうと私はあきらめ、自己憐憫に浸った。私は自分で炊事・洗濯・掃除をこなそうとしたがうまくいかず、耳を貸してくれる人間になら誰にでも、その悲惨な境遇の一部始終を話した。私は絶望的なケースとして有名になった。私はついにプロクリスに手紙を出し、許しを請うた。自分こそが救いがたい罪びとであり、もし自分が彼女の立場であったなら、最初の千ドルを提示された段階で、あとさきもなく飛びついていただろうと告白した。私のそのメッセージは彼女の傷ついた心をある程度癒し、それなりの満足を与えたに違いなかった。というのは彼女は私のところに帰ってきて、夫婦のよりを戻してくれたからだ。そしてただ戻ってくるだけでは足りないとでもいうかのように、贈り物として一匹の猟犬と投げ槍を携えてきた。

犬は名前をレラプスといった。実に見事な動物だった。プロクリスと私はよく一緒に家の裏に座って、ときには何時間もその美しさに見ほれていた。やがて私たちの住んでいた町を、悲劇が襲うことになった。一匹の巨大な野イノシシが山から下りてきて、土地の農民たちが飼っている家畜の群に損害を与えたのだ。人々は怯えて、昼間でも閂《かんぬき》をかけて家に閉じこもって暮らした。きわめて勇敢な若者たちだけが外に出ていったが、彼らもただ畑のまわりに網を巡らせることしかできなかった。でもそんなものは何の役にも立たなかった。その怪物は網を飛び越え、仕掛けられた罠をよけていった。ほかのものたちは犬にあとを追わせたが、犬はまるで空を飛ぶ鳥を追いかけているみたいに、まったくその足どりをつかめなかった。そのあいだじゅうずっとレラプスは、何か不穏なことが持ち上がっていることを感じとり、綱をぐいぐいと引っ張っては、外に出たがっていた。私はあまりその犬を放ちたくなかった。彼の身に何かが起こるのが心配だったからだ。もっともその足の速さからすれば、彼が苦境に出くわすなどまずあり得ないことだったのだけれど。私が綱からはずすや否や、犬はかすかな土煙だけを残して、視野から消えてしまった。私は手近な丘に登ってそのてっぺんから、レラプスがイノシシを追いかけるところを見物していた。それは類を見ない光景だった。イノシシは輪を描いたり、前後にジグザグに走ったりしたが、レラプスはしつこくその足もとに食い下がっていた。しかしレラプスがイノシシを捉えようとしても、その口はむなしく宙を嚙んだ。犬は何度も何度もその牙でイノシシに食らいついたが、イノシシはその度に見事に身をかわした。私は槍を手に取った。そしてそれを投げる前に、自分の手の握りをちらっと確かめた。視線を戻したとき、私が目にしたのは（その光景は今でも私を驚きの念で満たす）、野原の中のふたつの大理石の像だった。一方は追い、一方は追われていた。犬にも負けさせたくないし、イノシシにも負けさせたくないというのは、神々の意志であったに違いない。

私とプロクリスとのあいだの愛は、きわめて深いものになった。愛がそんなに強くなれるなんて、信じられぬほどだった。我々の情熱のモーメントは、我々を引きつけたまま、捉えることもままならず回りつづけた。広々とした谷間を見晴らし、雨の日に暖炉の前に腰を下ろし、あるいは日当たりの良い午後、クリークの岸辺を散策しながら、我々は互いを熱く求めあった。どれだけ時間があっても足りなかった。我々はまだ若く、一日一日がそれぞれに名状しがたい新しい興奮をもたらし、自分たちが輝かしい運命に向かってまっすぐ突き進んでいるという感覚をもたらしてくれた。その当時、私はまだ猟を愛していた。だから太陽が昇ると森に出かけた。手にするのはプロクリスが私に贈ってくれた投げ槍だけだ。私の頭には、少しでも多くの獲物をもって帰って彼女を喜ばせたいという思いしかなかった。家に帰る途中で疲れはてて、私はよくそのへんの日陰に寝ころんで休息をとったものだ。そして深い谷間からそよ風をいざなった。その風を空き地に呼び寄せるために、私は名前をつけた。「オーラ」と私は言った、「私を冷やしてくれ。お前の涼しげな息で、私を癒してくれ。もう一度人心地をつかせてくれ」。そしてまわりに誰もいないと思っていたので、先を続けた。「オーラ、愛しいお前。私の身体の上に、お前のすらりとした身体を投げかけておくれ。さあおいで、オーラ」。ある朝、一人の隣人が私の声を耳にして、オーラというのは私が惚れているどこかの娘の名前だと思いこんだ。そして私が不実をはたらいているとプロクリスに吹きこんだ。プロクリスはおそらく私が過去に彼女に対してなしたことを思い出したのだろう、その話をすっかり信じ込んでしまった。彼女は運命を嘆き、男の移り気を呪った。どうして私がこのような惨めさを味わわなくてはならないのだ？　どうして神々は私をかくも酷い目にあわせるのだ？　私は想像するのだが、彼女はナイトガウンを着て、髪はぼさぼさのまま、目を血走らせ、顔を真っ青にして、部屋から部屋へと歩き回ったに違いない。それというのも、隣人の悪しき心のせいなのだ。私はただ名前を、それも実際には存在しないものの名前を口にしたに過ぎないのに。それから彼女はちょっと腰を下ろし、頭の中を整理し、話の真偽を疑い始めた。まず証拠が必要だった。不実の現場をこの目で見なくてはとプロクリスは思った。

翌日の朝、日が昇るとすぐに、私はまた狩りにでかけた。プロクリスの心を苛んでいた不幸な噂のことなどつゆ知らず、いつものように夢中で狩りをしていた。疲れはてて日陰に身を横たえたとき、私は風を呼び起こそうとした。「オーラ」と私は言った、「お前が必要な時があるとすれば、それは今だよ」。まるでそれに応えるかのように、深い吐息が聞こえた。「オーラ、さあおいで」と私は叫んだ。何枚かの木の葉がさわさわと音を立て、地面に近い枝が揺れた。私はそれを野イノシシだと思い、槍を投げた。私が耳にしたのは苦痛の叫びだった。それはプロクリスだった。私は彼女が身を折り曲げて横たわり、胸から槍を抜き取ろうとしているところにかけつけた。彼女が身を欺くために着ていた目立たない衣装の上に、大きな芥子のような赤い血が滲んでいった。私は出血を止めるために全力を尽くしたが、無益だった。私は彼女を両腕に抱き、私を残して行かないでくれと嘆願した。彼女は呼吸をすることさえ困難だったが、苦しげに囁く声でなんとか言葉を口にした。「お願い、ケパロス。もしあなたが私のことを、私があなたを愛しているのと同じくらい愛してくれているのなら――そして私のあなたに対する愛がこの命を奪ったのであれば――決してオーラを私たちの寝室に入れないでね」。それが最後の言葉になった。それだけ言うと、プロクリスは私の腕の中で力を失った。彼女の瞳は既に色をなくし、虚空をにらんでいた。

II

ケパロスとベティー

最初に憂鬱と美の形成とを結びつけたのは、「問題集《プロブレマタ》」におけるアリストテレスである。しかしアリストテレスをもってしても、ケパロスの悲しみが彼を詩作に向かわせるだろうと予想できたかどうか疑わしいところだ。プロクリスの死後数カ月、ケパロスは悲しみに沈んだ。狩猟のことも忘れ、テーブルの前に座って、様々な詩型や言葉の響きと格闘していた。しばしば夜更けに、寝しずまった町の空中を彼の声が漂っていくのを、人々は耳にした。ベティーは彼女の父親の家の暗闇の中で、その哀しみに満ちた詩の断片が、時折のリラの爪弾きを伴って聞こえてくるのを耳にし、思わず涙した。彼女はケパロスの詩に深い結びつきを感じていた。未知なる秩序を熱く求めて自己の内奥をさまよい続けていた彼女だが、彼の詩を聞いているときだけは、その歩みをしばしとめることができた。その特別な折りには、光線に包まれて自分が高揚し、あらゆるものが瞬時のうちに明らかになったような体験をした。彼女の人生とは切っても切れない、その広大なる寂寥の中の彷徨を中断することができた。彼女の人生を生きているのは、実体の定かではないどこかの誰か、遠くの鏡の中に映った彼女の双子のかたわれではなかった。町のほかのみんなと同じように、彼女はケパロスの身に降り懸かった悲劇の内容を知っていた。しかしみんなとは違って、彼女はケパロスを咎めなかった。彼の詩を聞くことを通じて、彼女の人生は意味をなすようになった。その前進のエネルギー、内面探索の手順は、曇りなき物語になり、これ以上はそぎ落とすことができない神々の造りものとなった。ケパロスの詩はベティーを幸福にし、彼女は苦渋や恥辱を感じることなく過去の人生を振り返れるようになった。

でもこれは簡単なことではなかった。というのは、ベティーの父親は金こそが愛を示すもっとも確かな方法だと思いこんでいたからだ。彼女が思春期にあったころ、娘が成長して自分から離れていくことを心配して、父親は彼女の枕の下に百ドル札を入れておいたものだった。朝になると彼女はそれをこっそりと彼の上着のポケットの中に返しておいた。彼は苛立って、それを再びベティーに押しつけようとした。エアコンのきいた裏庭で彼女を追いかけ回し、ブラウスの胸に札を押し込んだ。彼女が金を受け取らないのは自分の愛が拒絶されたことだと思って、父親はベティーを遺産相続人からはずしてしまった。天上ですべてを見守っている神々はこれを見て苦々しく思い、父親の両腕を十センチばかり短くしてしまった。ベティーの母親はまだベティーが幼い頃に家出して別の街に行ってしまった。彼女はごきぶりだらけの部屋に一人で暮らし、夜中に町を徘徊した。両腕に大きな袋をふたつ下げて、ものを拾って歩いた。心臓病で死んだとき、体重は五百ポンドに達し、五百万ドルの財産を所有していた。

可哀想なベティー！　詩によって救済を受けたとしても驚くことはない。彼女の昼夜の暗いテキストに親切な光を投げかけるものであれば、なんだってよかったのだ。未来の空虚さを埋めてくれそうなものであれば、なんだって追い求める価値はあったのだ。ケパロスが霊感を求めて森を歩くことを知っていたので、ベティーもそこに行って、目につきやすそうなところで彼を待ち受けていた。でもケパロスは詩作で頭が一杯になっていたので、彼女の姿が目に入らなかった。ベティーが五回目に森に行ったときに、彼はようやくベティーの存在に気づいた。彼女は木陰に立っていた。そして――偉大なる作家が愛する人を初めて目にしたときの描写を引用するなら――「彼女はあたかもそこにたくまずして生じたように見えた。注意深く見守る木々の中に、神話の顕示されるときの静謐なる完璧さとともに」。琥珀色の光にくしけずられた太い蔓《つる》が、まわり一面に垂れかかり、地面にはまるで手で盛って置いた白い土くれのように花びらが散っていた。彼女はバレリーナみたいに両足をちょっとだけ外側に向けて立っていた。その長いクリーム色の両脚は、膝の少し上のあたりでタン色のスカートの中に吸い込まれていた。小さな丸い襟のついた白いブラウスの上に、彼女はグリーンのカーディガンをボタンをはめずに羽織っていた。彼女のとび色の短い髪には金髪の筋が混じっていた。彼女の視線には何かしらソフトで傷つきやすいものがあった。今にも溢れ出そうとする憐憫がそこには見受けられた。ケパロスは我にかえり、プロクリスのことを思い出した。彼は振り向いて歩き去ろうとした。「行かないで下さい」とベティーは言った、「そのことについてお話をしましょう」。ケパロスは一瞬戸惑った。「どのことについて話をするんですか?」と彼は尋ねた。「過去が現在を捉えているその恐ろしいまでの力についてです」とベティーは言った。

彼女が既に知っている一部始終を彼は話した。彼女はケパロスの手を取った。顔を上げて、もう一度彼女の目の中に穏やかな色を認めたあと、ケパロスはこう思った。私が喪に服している時期はおそらく終わりを告げたのだと。彼はベティーを家に連れ帰り、寝室に導いた。それは「オーラだけはそこに入れないでくれ」とプロクリスが彼に懇願した寝室だった。二人は数日のあいだそこにこもっていた。二人はそれぞれの痛ましい経歴から——ケパロスはプロクリスの死から、そしてベティーは父親の金銭がらみの愛情から——解放され、家庭的な静けさと幸福の生活に落ちついていった。ケパロスの作る詩も変化した。彼は今では、芝生の上を伸びていく影について、秋の日の焚き火の匂いについて、とくべつな夕暮れの光や静寂について、心をこめて語るようになった。そのような束の間の喜びは、そこに重みや永続性を賦与しようと試みるとき、我々を避けがたく悲しみに浸すものなのだが、ケパロスは身を捨てるようにそこに入っていった。彼は年齢を重ねていった。そしてまたこれまでよりも遥かに寛容で理解のある夫になっていた。かつてベティーに味方して干渉を行ったこともある神々はことのなりゆきに満足した。ただプロクリスの思い出に今でも浸っているディアナ神だけはそれが面白くなかった。彼女はベティーに復讐せずにおくものかと心を決めた。

ある日、夕食の席でケパロスが書きあげたばかりのとりわけ感動的な詩をベティーが讃えているとき、ディアナ神は行動に移った。ベティーは即座に変貌を始めた。話しているあいだに彼女の皮膚はだんだん暗みを増し、ざらざらになってきた。哀しげで水っぽい茶色の眼球が大きく広がって、両目の白い部分を圧していった。彼女の言葉は歯切れが悪くなり、明瞭さが失われ、年少の象のおずおずとした最初の雄叫びを思わせるものに変わった。その変身はケパロスを沈黙させ、ベティーを唐突に立ち上がらせた。「こんな目にあう理由がわからない」と彼女は言った、「私は何も悪いことなんかしていないのに、罪を犯してもいないのに、どうして罰を受けなくてはならないの？　私はただあなたを幸福にしようとしただけなのよ。ケパロス、私を抱いて。そして何があっても私を愛すると言ってちょうだい。お医者さんを呼んでちょうだい」。しかしまもなく彼女の口にする言葉は成熟した雌象の高らかなる咆哮へと変化した。その咆哮には、自らのおぞましい変身に対する恐怖が込められていた。ベティーの鼻はどんどん長くなり、耳は拡がって、巨大な革製の旗のようになった。しかし腰から下だけはもとのままだ。「なんてことだ」とケパロスは言った、「君は象になってしまったよ、ベティー」。上半身が突然ひどく重くなってしまったせいで、彼女はよろめいて、そのまま席に座らなくてはならなかった。「それは医者を呼んでもたぶんなんともならないだろう」とケパロスは言った。

あえてことわるまでもないことだが、神々にとってはこの程度のことは日常茶飯事だ。この地上に解決しない闘いがあったり、平和を得ることのない愛情があったとしても、それは彼らにとってはただのいっときの関心事に過ぎない。不幸なことは起こるものだし、どんな人生にも影は降りる。今夜だって、あなたがもしその通りを通りかかるなら、ベティーの姿を見かけるかもしれない。彼女のほっそりとした繊細な両脚は、巨大な上半身に圧されて、ほとんど見えないくらいだ。そしてケパロスはそこに座り、その巨大で威厳のある静かな動物と顔を向かい合わせて、尽きることなき畏怖の念にとらわれている。事物のかたちを変容させる神の力には際限がないということの、それはひとつの証明になっている。

ドロゴ

Drogo

　窓から射し込んでくる光は夏の光だった。カーテンはまるで中で幽霊が二人取っ組み合いをしているみたいに膨らんで揺れていた。壁は白い。絨毯は淡いグリーンで、そこにピンクの縁の線が入っている。まっすぐな背中の椅子が三つ、座る人を待っている。「ドロゴ」と私は言った。するとと顔を両手の中に埋めたドロゴが、部屋の反対側の椅子のひとつに姿を見せた。彼のはらはらとして、驚くほどまっすぐな黒い髪が、骨ばった指の上にかかっていた。「ドロゴ、また会えて嬉しいよ」と私は言った。しかし彼の方は私の意見には同意していないようだ。彼は私の顔を見て言った、「あなたの気が向いたときにいつでもこうやって引っ張り出されるというのは、面白くないな。自分が安っぽくなったような気がするんだ」。彼は椅子からすっと立ち上がり、小さな輪を描いて歩き回った。頭を垂れ、両手を背後で組んで。

　私は彼を昔からよく知っている。彼の父親はイタリア軍の中尉で、東部国境に駐屯しており、家にはたまにしか帰ってこなかった。母親であるマリア・Vは私のもっとも親しい友人で、ドロゴのことを実の息子のように扱ってくれと口を酸っぱくして私に言っていた。彼女はよく私を家に招いてくれた。私たち三人は暖房の効きすぎたアパートの部屋に座ってトランプ遊びをしたり、私が好きな本の一節を朗読して聴かせたりしたものだ。そうこうするうちに、私は彼の成長に対してますます大きな役割を引き受けるようになっていった。ときどき私は彼が他人の子供であるのだということを忘れてしまい、自分が彼に生命を与えたのだと思うようにさえなった。それは、ある程度まで真実だったのだが。ドロゴの行動はそのときどきの私の必要に応じて決定された。彼は発作的な落ち込みや、唐突なはしゃぎや、感情の激しい変化に襲われた。それは私以外の人間の目からすれば複雑で、分裂的なものだった。今にして思えばということだが、それらはひとえに私を退屈させないために（私は他の人々と一緒にいるとすぐに退屈した）おこなわれていたことだったから、私としてはまったく文句はなかったわけだ。

そのうちに私はまたぞろ旅行に出たくなってきたので、ドロゴを伴って旅をした。私たちはローマで冬を過ごし、彼はそこで美しいニコラ・Cと実ることなき関係を持った。私たちはクエルナバカで夏を過ごし、そこで彼は聡明なるオクタヴィオ・Pを魅了した。そしていつも私はこう思っていた。その気分の激しい上下にもかかわらず、彼は基本的には幸福なんだと。そして何よりも、私とともにいることで幸福な気持ちになれるのだと。彼が自分の人生を脈絡がなく、先が見えず、混乱をきわめたものと見なしていることに私は思い至らなかった。そしてまた彼がもっと違った人生を希求していることにも気がつかなかった。それらの旅行で私自身が味わった喜びが、私の目を救いがたいまでにくらましていたのだ。私は自分の権威《オーソリティー》をあまりにも自明のものと見なしていた。あるいは私はそれを「著者性《オーサーシップ》」と呼ぶべきかもしれない。というのは、ある意味においては彼は私の創造物のように見えるのだから。でも正直な気持ちを言えば、この今だって私にはうまく信じられないのだ。私が彼のために選びとってやった人生が、私にあれほどの喜びをもたらしてくれたものが、彼の苦悩の原因になってしまったということが。

私は煙草に火をつけ、身をのりだした。「ドロゴ」と私は言った。「メキシコは素敵だったじゃないか。私はお前に『ガーウェイン卿と緑の騎士』や『緑の狩人』や『緑の館』や、それからヘンリー・グリーンの本を何冊か読んでやったね。そして切り立った緑の峰の上には空が広がり、そこに浮かんだ白い雲がいくつか、勢いよく風に吹き流されていった。南国の霧が波のように寄せてきて、私たちのまわりに広がったときのことを覚えていないのかい？」

ドロゴは腰を下ろした。彼の顔は石のように美しく平和な免疫性をもっていた。

「ローマのことを思い出してごらん」と私は言った。「私がお前に『ローマとヴィラ』や『ローマ熱』や『ローマのひととき』を読んであげたときのことを。あの熱気と靄のことを思い出してごらん。ボルゲーゼ公園の草だってうとうととまどろんでいるように見えた。オスティアの海はあまりにも明るく輝いていて、空がそのまま燃え上がってしまいそうに見えたじゃないか」

カーテンは揺れるのをやめていた。差し込んでくる光には微かな黄色が混じり始めていた。ドロゴは椅子の背にもたれかかった。「こんなことをもうおしまいにしてしまいたい」と彼は言った。

「メインで過ごした夏はどうだったんだ？　私たちは黄昏のくすんだ色合いの海にボートを漕ぎ出したね。ほのかに霞んだ桟橋や、岸辺にうずくまるように並んだ間口の狭い窓のない家々の前を通り過ぎていくひとときは、なんと静かだっただろう。そして空には、北から流れてきた低い雲が、まるで未完成の本からちぎれて落ちたページみたいに、ばらばらと散らばっていた。あの夏、私はお前に何も読んでやらなかった。そんなことを覚えていないのか？」

ドロゴはポケットからやすりを取り出し、爪の先を揃え始めた。

「ソルトレイクにも行ったたね」と私は言った。「そしてそこで女の詩人に会ったじゃないか。彼女は背中に自分のちいさな肖像画を何ダースも入れ墨していた。しわがよって、色あせたそのアルバムは、彼女のお尻や脚にまで広がろうとしていた。そのことはお前だって覚えているはずだよ」

　ドロゴはそれを認めようとはしない。私の追想は彼の塞がれた耳には届かない。風がまた激しく吹き始め、それは窓のカーテンを部屋の内側にはためかせた。「タンパのプールのことはどうだい？　テディーベアを持っていた人のこと。あるいはトロントで腰まで地面に埋まっていた男のことは？」。ドロゴは作り笑いをした。私の思いはまたソルトレイク・シティーの女詩人のところに戻っていった。私はずっと彼女のことを魅力的だと思っていた。一緒に仕事ができそうな相手だと思っていた。彼女はドロゴとは全然違った人間だった。彼女は私の仕事に刮目し、それに自分も加わりたいと望んでいた。

　あたりは暗くなっていた。潮風が部屋の中に吹き込んでいた。気がふれたような音が木々のあいだを抜けていった。うなりのような悲鳴のような音だ。ずっと遠くで雷鳴が聞こえた。私はもっと自分を忙しくしようと思った。もっと明るくてもっと幸福なことに手をつけよう。私はドロゴを退出させ、新しい煙草に火をつけ、背中をもたせかけ、さあ次はどのようにしようと考えをめぐらせた。私がそうこうしているあいだに、どうやら嵐は収まってしまったということにしよう。月光は歩道を銀色に染め、木々に白い色をかぶせている。近隣の人々はみんな寝静まって、うちの前には一人の女性が立っているということにしよう。彼女は色の褪せたカルメン・イブニング・ドレスを着て、アッシュ・ブルーのボアを尻尾のように後ろに垂らしていた。私の姿を眼にして、彼女は微笑んだ。

「私はちょうど君のことを考えていたんだ」と私は言った。

彼女は居間に足を踏み入れた。「あれからいろんなことがあまりうまくいかなかったの」と彼女は言った。「あまりにも多くの輝かしいチャンスがすり抜けていった。あまりにも多くの日々が浪費されてしまった」。彼女は後ろを向いてドレスを脱いだ。ブラを取り、パンティーを取った。その夜、彼女はじっと壁を見つめていて、私はその様子を観察していた。彼女のすべての顔を。彼女は泣いていたのだと私は思う。彼女は私のために泣いていたのだ。彼女は自分のために、そして私たちの行く末のために泣いていたのだ。

殺人詩人

The Killer Poet

みなさんはスタンリー・Rのことをお聞き及びだろう。彼は理由もなく両親を殺害し、一片の悔恨の情をも示さなかった。ご存じのように、それはよその国で起こった事件である。それは私が少年時代と青春期と、成人してしばらくの期間を過ごした国だった。ほとんどが山あいの南方の小さな土地で、大西洋沿いに数百マイル細長くのびている。大通りには椰子の並木があり、コンクリートの平板《スラブ》のあいだには草が茂っている。鶏や牛や馬が、勝手気ままにあたりを歩き回っている。空気には小便と、赤くおこった炭と、脂を炒める匂いが入り混じっている。貧しい家のセメントの塀の上にさえ砕いたガラスが埋め込まれ、それが太陽の光を浴びて眩しく光っている。

それは戦争に一度も勝利したことのない国だった。数え切れぬほどある町の広場に建っている将軍たちのモニュメントは、どれもが敗北を記念するものであり、それらはここに住む人々が自らをどのように見ているかという、もっとも明確な指標だった。彼らはどのような国家的誇りをも持ちあわせていなかったし、個人的誇りといえば、その状況に応じて無意味に見えたり、あるいは漫画的に見えたりする代物だった。それにもかかわらず人々は自分たちが貧しいという事実を思い出させられるのを好まなかったし、一方では他人がそれを見過してしまおうとすることを許さなかった。そこは文学的にも貧困な場所だった。だから政府が国家文芸評議会を設立したというのは苦笑を誘うことだったし、そこが毎年出版された本の中からもっとも優秀なものを選んで賞を授与する任務を与えられたというのも、輪をかけて苦笑ものだった。スタンリーも僕も、そんな評議会ができたってとくに有り難いとも思わなかった。結局のところ、その国には僕とスタンリー以外に作家と呼ぶに足る人間なんて存在しないのだ。だから僕らは、自分たちの歩む道こそが、国の詩の歩む道であると確信していた。そしてまた僕らはこうも確信していた。我々のごとき革命的詩人が国家によって正式に認証されるなどということがあってたまるものかと。

スタンリーの両親は中産階級に属していた。父親は紳士用品店を共同経営していた。母親は家にいて家事をしていた。小さくて真四角な家だったが、裕福な地主の地所の隅に建っていたので、景色は美しかった。広々とした芝生の庭や、花壇や、木立に入っていくこともできた。家具は非装飾的なもので、数も少なかった。壁には印象派の複製画がかかっていた。

　スタンリーはどちらかといえば母親似だった。母親の黒い髪と、長い鼻と、茶色の瞳を彼は受け継いでいた。彼はまた、すべてに対して一見して無関心という母親の雰囲気も受け継いでいたが、それはおそらく際限のない好奇心にかぶせられた仮面であったに違いない。彼女の美しさにはスタンリーのそれに比べるとより素気ない感じがあって、そのせいで彼女にはスタンリーにはない無目的性のようなものが漂っていた。父親はずんぐりした体つきで、口ひげをはやしていた。冷淡な男で、機会さえあれば自分がスタンリーを認めていないということを見せつけた。そのために彼は眉をひそめたり、肩をすくめたり、あるいは息子が部屋に入ってくるとわざと入れ違いに出ていくというようなひどいことまでしていた。

　スタンリーほど詩人らしい風貌をした人間に私は会ったことがない。櫛のはいっていない髪は眼鏡の上に落ち掛かり、いつも唇を舌でなめていた。彼のしゃべり方は風変りだった。かつて彼はこんな風に言ったことがある。雪というのは寒さの的確で圧倒的な修辞なのだと。あるいはこうも言った。炎というのは暑さの集約された過剰さなのだと。ある悲しげな夜に彼がこう語るのを私は耳にした。母の声のソフトな音節は薄れゆく愛の輝きなのだと。彼のイマジネーションの広がりと、可能性と、その尽きることのなさそうな肥沃さは、まさに驚嘆すべきものだった。時おり、私たち数人の目の前で、スタンリーが詩を読み上げることがあった。彼は円錐形の黄色い光の中に座って、手書きの原稿を細い指で持ち、ピッチの高い鼻声で詩を朗読した。明らかに彼は選ばれた者だった。彼は私たちとは違っていた。私たちが詩には無縁の人々と違っているのと同じくらい、彼は私たちとは違っていた。彼は朗読を終えるとただちに目を閉じて、無我の境地に入っていった。私たちの手の届かない世界に。そして私たち魅惑された聴衆は、彼の詩がそこに現出させた神話的な場所に心地よく身を置いていた。

私がより高い教育を受けるために、国を離れて北にある優秀な学究施設に入ったあとも、スタンリーと私は文通を続けた。彼は自分の詩作の緩やかな進歩について、私は自分が批評に対して関心を高めていることについて。私は故郷の出来事を知りたかったのだが、彼は何が起こっているのかろくに知らなかった。ほとんど家の外に出なかったからだ。天候は惨めだし、まわりの人々はますます退屈になっていくと彼は書いていた。スタンリーが私の手紙に何を求めていたのか、それはわからない。しかし私たちの文通はだんだん熱を失い、数年後にはとうとうたち消えになってしまった。

私は帰郷してもあえて彼に会いに行かなかった。かつての私たちの親密さがすっかり消えてなくなってしまっているんじゃないかと不安だったからだし、話すべきことがほとんどないんじゃないか、また私が新たに身につけた世俗性を彼が嫌うのではないかと心配だったからだ。どうしてかはわからないのだが、当時の私は何もかもを知らなくてはならないと思いこんでいた。あるいは少なくとも、すべてを知っているようなふりをしなくてはならないのだと。自分が馬鹿に見えることを恐れるが故に、私は洗練性の仮面をしっかりとかぶった。とはいうものの一応、私はスタンリーの消息を聞いてまわったのだが、誰も何も知らなかった。私がスタンリーについて知り得たのは、まだ両親と同居していて、家の外にはまったく出ないということだけだった。彼はどうやら書くことをやめてしまったらしい。その輝かしい前途は無に帰してしまったようだ。でもスタンリーの書いた詩を誰も目にしていないからといって、彼が詩を書くことを放棄したとは限らない。確実に言えるのは、彼は人目を避けて閉じこもることを好むようになったということくらいだ。当時の詩人たちは、いくら苦労して詩作をしたところで物質的に得られるものは皆無だったから、かわりに人々の賞賛を強く求めた。そしてもし賞賛が手に入らなければ、理解されることで我慢した。しかしあまりに理解され過ぎるというのも問題である。そうなると自己検証に入りこんでいくことになるかもしれないし、ひいては疑念にとりつかれることになるかもしれないからだ。詩人たちの中には漁色に溺れるものもいた。女たちを手に入れることで、自分たちが詩神《ミューズ》の琴線に触れることができなかったという事実からしばし逃れられたからだ。でもスタンリーはどんどん奥に引きこもっていった。彼は救われることも、励まされることも求めなかった。

国に帰って間もない頃、スタンリーと話をしようと思えばできる機会があった。それは夏の盛りだった。東の山々から街の上に流されてきた暗い雲が、そこかしこに奇妙にくぐもった光を、帳のようにかけていった。息苦しい静寂が世界を沈んだ場所のように見せ、万物が無限に引き延ばされた一刻の中で生を送っていた。私はきらきらと光る木立や林の中を、黄色に染められた灰色の光を受けながら歩いていた。鮮やかな紙吹雪のように見える小鳥たちがまわりを飛び交い、私は歌を小さく口ずさみ始めた。そしてそのとき、すぐ近くにスタンリーの姿をみつけた。彼は一本の樹木の枝をじっと見上げていた。その首の傾げ方と意識の明白な集中ぶりは、彼に宗教的な風貌を与えており、そのことを私は驚きかつ喜んだ。しかしそばに寄って挨拶をすることは避けた。何かが私に後込《しりご》みをさせたのだ。おそらくは私の中には欺かれなかった部分があり、スタンリーが深刻な問題を抱えていることを察したのだろう。あとになってわかったのだが、まさにその時点から彼は両親を殺害することを考えるようになったのだ。

そのおよそ一年後に私の最初の本が出版されて、私は国家文芸評議会のメンバーに推挙された。私はとくにそれを名誉だとも思わなかったけれど、それでもその申し出を受けた。私にも何か文学に対してできることがあるかもしれないと思ったのだ。私は若かったけれど、自分の判断力には絶対の自信を持っていた。今になってみれば、若い批評家というのはみんなそのような空疎な確信のかたまりだということがよくわかるのだが。私は頭から湯気をたててしゃべりまくり、文学について自分が口にすることはすべからく重要なことなのだと信じ込んでいた。

評議会は首都の北の海沿いにある小さな漁村で開かれた。ずいぶん辺鄙な場所だったので、少くとも会合の秘密を守ることにかけては好都合だった。会合が開かれるのは春で、その季節にはよく雨が降り、空気にはいつも以上に魚のにおいが混じっていた。鷗たちは朽ち果てかけた波止場の端っこや、魚貯蔵庫の屋根のてっぺんや、塩水の入った樽の上にとまっていた。あらゆるものが魚のうろこで光っていた。住民たちは擦り切れた服を着て、咳ばかりしていた。彼らの住んでいる屋根続きの家は、ドア一枚と窓ひとつぶんの間口しかなかった。彼らは夕方になると外に出て、煙草を吸っておしゃべりをした。

会合が行われる建物は微かな風にも軋みをたてた。会場にあてられたのは洞窟みたいにがらんとした板張りの部屋で、照明は貧弱だった。ごてごてとしたシャンデリアが艶のある黄色い光をあたりに投げかけていた。私はもっとも年若い新参の評議員だったから、これから何が起こるのか予想もつかなかった。長いテーブルの両側に並べられた椅子のうしろに、私たちは立っていた。壁に沿って透明なプラスチックの大きなケースがいくつも置かれ、その中には物故した評議会の歴代議長たちが、安楽椅子に腰掛けた姿で入れられていた。灰のように白い顔色と、眠たげな目をした彼らは、会合の永遠の背景となっていた。ボタンを押すと、彼らの録音された声がまるで貴族か銀行家の合唱みたいに、あちらの世界から呼びかけてきた。「これより議事を進めさせていただきます」

この評議会のメンバーになるのはそれなりに栄誉あることだったから、最初の討議には、全体的に自己満悦的な気分が漂っていた。メンバーたちは何かにつけて自分の作品について言及し、あたかもそれが他のすべての作品を判断するひとつの基準であるかのように匂わせた。

普通であれば床に丸められた紙がちらかり、部屋の中に煙草の煙がもうもうと立ちこめ、精神的な無目的性についての糾弾が社会に向けてぶっつけられ、もう誰にも賞なんかやらなくていいというような激しい言辞が飛び出すことも珍しくない。しかしその年は事情が異なっていた。最終選考会の前に何冊かの候補作を読んだ評議員たちは、既に合意に達していた。ある一冊の本が、きわめて少部数の限定出版ではあったが、群を抜いて傑出していたのだ。それはようやく日の目を見たスタンリーの処女詩集だった。

評議会のメンバーの大半は詩人にも作家にもなれず、仕方なく批評家になった連中だった。だから彼らのうちのあるものがスタンリーの詩を通読しながら、そのもっとも素晴らしい特質がどこにあるかを見落としても、それはとくに驚くべきことではなかった。その詩にこめられた「不可思議な厳粛さ」や「神秘的な一貫性」について語るものはいたが、スタンリーが両親を殺害したことについての言及は一切なかった。スタンリー自身はその事実を隠そうとしていなかったにもかかわらずだ。というか、彼はむしろそれをほのめかしてさえいた。彼は死の肥沃さについて語り、そのすべてを終らせるエネルギーについて語り、解放と変容をもたらすその力《パワー》について語っていた。

スタンリーに賞を与えることに異議を唱えたメンバーの一人は、本が露わにしている内容とはまったく無縁の理由から反対していた。「この本は薄すぎます」と彼は言った。彼はこう主張した。詩人とは欠落の、拒否の、負の数量の代弁者であり、自分たちがより多くのものを作品から除外すれば、そのぶん自分たちのパワーはより増していくのだと信じている詩人が多すぎる。「要するに彼らは」と彼は結んだ、「ただ単にペンを手にするだけで、自分たちの役割は既に果たされたと考えているのです」。

もう一人はもう少し核心にちかい発言をした。彼はスタンリーの正直さを賞賛した。

「しかし彼の誠実さに報酬を与えれば、彼の犯罪を容認しているという印象を与えることになるかもしれません。それは彼の犯罪だけを取り上げて、彼の文学的達成を見逃してしまうのと同じことではありますまいか」

それは無意味かつ困難な命題であった。スタンリーの優れた才能を評価しつつ、その一方でいかにして彼の犯した忌むべき犯罪を糾弾するかということだ。どのような判断を下すにせよ、それは道義的意味を持ったものでなくてはならなかった。そうしないことには、詩そのものが今以上のより大きな嘲笑と社会的譴責に晒されることになる。私は二つに引き裂かれた。万人を納得させられるような妥協点を私は求めた。私は頭を振って、よくもまあスタンリーにあんなことができたものだと思った。私は彼という人間を本当に理解していたのだろうか？　それから私は前後の見境もなくさっと席から立ち上がり、彼に賞を与えるのはやめるべきだと意見を述べた。「我々は彼を有罪とし、処刑するべきです」と私は言った。自殺した詩人たちは、死はいかにた易く芸術を有効化するかという先例を私たちに示しています。私は続けた。スタンリーは詩の殉教者となり、紛うことなき聖人となり、彼の不滅性は揺らぎなきものになるでしょう。私は友人の不滅性の速度を上げるためにそのような極端な処置を持ち出したことで、まるでユダになったような気持ちを味わった。でもこんな体制側からの承認を受けたってスタンリーにとっては迷惑なだけだということがわかっていたから、その迷惑を省いてやれたのがせめてもの慰めだった。だいたい、生きているあいだにお上から認証を受けるような詩人にどれほどの意味があるのだ！

私が語り終えると場内は死んだようにしんと静まり返った。やはり駄目か、と私は思った。でもそれから何人かの評議員が勢いよく立ち上がり、私をこきおろすどころか、口々に賛意を表したのである。

私はスタンリーに電話をかけ、国家文芸評議会が君に会いたがっていると伝えた。リムジンを差し向けるから、会議場まで出向いてもらえないだろうか。彼はそれを承知しただけではなく、私に再会できることを喜んだ。言うまでもないが、私の心は悲しみでいっぱいだった。私たちが友情を確かめあうような時間の余裕はほとんどないだろう。

私は曇り空の下、建物の外で彼が到着するのを待っていた。彼の姿かたちは昔とは変わってしまっただろうか。ひょっとしたら私にはスタンリーの顔が見分けられないかもしれない。あるいは彼はすっかり暴力的な人間になってしまっているかもしれない。鷗やグンカンドリが、風の吹きすさぶ冷えた空をひらりひらりと舞うように漂っていた。私はコートの襟を立て、両手をポケットに突っ込んでいた。まるでギャングスターになったような気分だった。

スタンリーが到着すると、私は彼と握手し、建物の中に導いた。彼の体つきががっしりとして、髪がほとんど白くなっているのを目にして驚いた。目の下には黒いくまができていた。彼は参っているように見えた。「ねえ、スタンリー。君にこんなことを言わなくてはならないのがほんとうにつらいんだ」と私は言った、「我々が昔からの友人であることで、つらさは二倍になっている」。状況の愚かしさが私を押しつぶしていた。スタンリーに向かって、何もかも冗談なんだよと言いたかった。これは大きな間違いだった。君はこのまま家に帰るべきなんだと。

「何も言わなくても、僕にはわかっている」と彼は答えた。「このことについてはずいぶん考えたんだ。君はこう言いたいんだろう。僕の本は賞に値するものだが、あまりにも問題をふくんでいる。だから君たちは法的正義を行使するために僕をここに連れてきた。僕を処刑しようとしているんだろう」

「それでは事情はわかっているんだね」と私は言った。

「わかっている」と彼は言った。

それから先は伝説になっている。誰もが知っている。スタンリーが最後の言葉を書いているあいだ、そこに居合わせた私たちがみんな祈りを捧げていたことを。彼が死に向かって歩いていくあいだ、私たちの何人かは、彼と行動をともにできればと思っていたことを。そして私が彼の人生を閉じるために銃の引き金を引く直前に、彼は身をかがめて私に感謝の意を伝えたことを。

スタンリーの最後の言葉

処刑前夜に書かれたこの手紙によって、私の犯した犯罪が、疑念や憎悪に染められることなく人々に眺望されることを私は望んでいる。私は目に映るままの人間ではない。私のいわゆる犯罪は（もちろんある人々にとっては、それが私を定義するのだろうが）、他のすべてに超越する私の天職の一環としてなされた。私は詩を愛した。それは私の唯一の情熱であった。どうしてかはわからないが、私は人間というものに強く心惹かれたことが一度もなかった。彼らは私を怯えさせるか、あるいは私の興味を惹かないか、どちらかだった。それでも思うのだが、私が彼らとのあいだに距離を置いたこと自体は、決して侮蔑の対象になるようなものではなかった。異論を唱える人もいるかもしれないが、私の中には触れられたこともなく、語られたこともなく、人の手の及ぶことのない領域が存在している。それは私のより衝動的な性格とともに、罪ありとされているのである。

幼年期に関しては語るべきことはほとんどない。私は家族のアルバムのページを繰ってみる。祖先たちの凍り付いた無表情な顔の中に私自身の影を見いだせぬものかと思って。

ときおり私は本を読んだ。しかしそこに描かれている犠牲者や英雄に対して、私は同情も賛嘆も感じなかった。読書に集中することができなかった。詩人になることしか私には考えられなかった。長い午後、私は部屋の窓から楡の木の影が落ちた芝生の庭をじっと眺め、物想いに耽った。私の世界の知覚は音を伴わない、ひっそりとしたものだった。私は自分を、離れたところから世界の進行を眺めている幸運な目撃者であると考えていた。私は空気のしみのように見える緑色の靄や、私の視界の端っこを削るように素早く流れていく雲に喜びを見いだした。しかしながら私の喜びは、私の内部のエネルギーの欠如と否応なく混じりあうことになった。はじめのうちは不承不承、のちにはいそいそと。その結果私はごろりと仰向けになって、来る日も来る日も、このうえなく甘美なる重力に身をまかせることになった。私の瞑想は青春期特有の自己愛的な見せびらかしに満ちてはいたけれど、それでも重要性をもったあるものが私を強く捉えていた。それは私自身の必滅性にとっての最初の、特権的かつやっかいな査定だった。死というものの美しさと謎に手招きされて、私は書くことを始めた。未来の空っぽの回廊への苦悩に満ちたハミングや、不在との心乱れる会話が、私を支えているすべてだった。学校にも行かず、一日のうちのほんの数分しか両親とは関わりを持たなかった。私が彼らに向けた沈黙は重々しいものではあったけれど、決して非難を含んだものではなかった。私は退屈していた。しかしその退屈は私を明るく照らし出してくれた。自殺を考えることは私にとっての唯一の喜びとなった。私は家の中で寝そべりながら、喜びは無意味であり、魅惑は空疎であると感じていた。それから私はふとこう思った。死んでいくのが自分一人だけというのは、考え方としても窮屈なんじゃないか。そのように私は私の想像力を引きうけるかたちで、自殺志向から殺人志向への移行を遂げたのだ。私は急速なる成熟を遂げていた。そして自殺するよりは他人を殺害したほうが、自分にとって失うものは少ないのだと自分を納得させた。

両親に対する私の感情は漠然として、脈絡を持たず、集中度を欠いていたから、自分が彼らを殺害するかもしれないという可能性は頭に浮かばなかった。実を言えば、私は両親のことなどほとんど考えもしなかったのだ。母が台所に立ち、その姿が窓のフレームにぴたりと収まっているのを目にして、その横顔の美しい熾烈さに心を震わせられたこともあったけれど、それはあくまで束の間のことだ。窓から差し込む光にさっと捉えられて、彼女は新古典派の彫像さながらの清廉な自律性を漂わせていた。母はいつも、今にも眠りこんでしまいそうな風情だった。夕方近くになるといつも夜が来るのが待ち遠しいという顔をしていた。休息、それこそが唯一彼女の望んでいるものだった。夜中の母には——当時私はよく両親の寝室にこっそりと忍びこんだものだった——魂の秘密の闇の中で想像上の恋人と逢い引きをしたり、あるいはセックスに僅かなりとも関わった何かを夢見ているというような気配は、微塵も見受けられなかった。それとは逆に、彼女の人生の多くの部分はある種の冷淡さと固定性によって支配されているようだったし、それ故に母は死ぬことをさして気にしてはいなかったという印象を受けるのだ。私はあるとき強くこう思った。私は転換の代理人として、彼女の希求している死をもたらすことができるかもしれない。ある夜私は彼女の物憂い美しさに深く心を奪われて、家の裏手にある眠たげな庭まで跡をつけていかないわけにはいかなかった。何かしらの疑いを抱く方もいるかもしれないが、その動機はあくまで純粋なものであったことをことわっておきたい。私は母に腹を立てていたわけではない。父と結婚したことをべつにすれば、どのような点においても母には過ちはなかった。

私はナイトガウンを着た母が庭を抜けて湖の方に歩いていくのを見ていた。彼女はそこに青い光に包まれて立っている。深い靄が母の体を覆うようにして行き過ぎていく。彼女はそこに横になる。おそらく母は、漠とした光のうねりの中に漂う忘却の美しい姉妹として自らを感じていたのだろう。その姿を見ていると、来たるべき死に先行して、私は母の死を悼むことになった。母は私の手に掛かって叫ぶこともなく息を引き取ったのだが、彼女はそのベールのかかった夜におそらく、私のことを自分を連れに来た恋人だと思っていた。その最後の瞬間に、私が死者を悼む音楽を耳にし、彼女がすでに悠久の影の中で眠り

について いるのだと見て取ったことを、母は知るまい。彼女の死の奇跡を前にして私は強い喜びに包まれた。彼女がナイフを目にしたとは思わない。しかしもし仮に目にしていたとしても、末期の瞬間においてそれは月光の煌めきと映ったはずだ。私たちのまわりで、夏の大気がその光景から逃げ去っていくのが感じられた。膝をついていた私は立ち上がり、庭に向かった。そこに横になり、書こうとしていた詩のことを考えた。それは母の美しさの冷ややかなる謎《エニグマ》に断をくだす詩になるはずだ。私は月の下で長いあいだ寝ころんでいた。庭の隅では大きなキャベツや、眠る茄子たちが、夜の太古の艶やかさを身にまとっていた。豊穣の気配が、満たされたるものの目に見えぬ宝冠をいたるところに作り出し、おそらくはそのせいだろう、私は計画していた詩を取りやめて、トマトやフェンネルやかぼちゃについての、また人参や蕪の、逆さまになった地下のオベリスクについての詩想を得ることになった。

私は父を殺害する前に、まず母を殺害した。意図を誤解されたくなかったからだ。もし先に父を殺していたら、みんなはそれは私が母と寝たかったからだと言うことだろう。こうしておけば実際以上にややこしい推測をされることはないはずだ。でもだいたいどうして私は父を殺さなくてはならなかったのか。父のことなんてべつに好きでもないのに。私にはよくわからない。あるいは彼の報復を恐れたのかもしれない。それとも彼が自分が何を失ったかを知り、残りの人生をその喪失の中で送らなくてはならないことを知ったときの苦悩を免除してやりたかったのか。その答えについては心理学者や動機を知ろうとする研究者に委ねたいと思う。私が詩的で夢見がちな子供であったことは皆さんもご存じだが、私がその没我の中に人生の助力を得ることができなかったというのは、また別の問題だ。しかしそんなことを言い出しても、私が父を殺害したことの説明にはほとんどならない。また父が私を恥ずかしく思っていたという事実も、私を罵ることが彼にとって喜びになっていた（更に言えば、そのことにとりつかれてしまっていた）という事実も、その説明にはならない。私には父を殺す資格があったと私は考えている。彼の息子であることで、私は虜囚であった。彼の虜囚であることで、私は罰をうけていた。私は罰せられていたがゆえに、罪悪感とは無縁でいることができる。言い換えれば、私にとっては剝奪されることが自由を意味したのだ。この論理を更に推し進めて行けばこうなる。つまり私は自分が犯すどのような罪に対しても既に代価を払っていると感じさせられていたわけだから、そういう意味では父は自らの死に関していわば共謀者であるのだと。

私は庭から、そしてこれから書こうとしている詩の瑞々しく心静かな想念から、立ち上がり、両親の寝室に向かった。そこでは口ひげをはやし、ごましお頭で、しわのあるやせた顔の父が、まるで子供のように丸まって眠っていた。私はパジャマに包まれた父の体を持ち上げて鳥の水浴び用水盤まで運び、そこでその命を絶った。彼が抵抗したかどうか記憶にない。私が覚えているのは一種の高揚感だけだ。いまだに正体のわからない光輝に啓発されて、私は恍惚とした解放感を感じた。そして終わりのない、歌に満ちたいくつものイメージが出し抜けに私の心に溢れた。水盤の水の中に父の頭を突っ込んでいるあいだ、私はよその世界にいた。それから父の水浸しの身体をコンクリートの鉢からぶらさげたまにして、後ろに下がりこう思った。これで私は留保なしの詩人になったのだと。私は伝記的な刹那を超えたものだった。事物の計算式のぼやけを超えたものだった。私は詩人たちの国の一部となった。詩人たちは、彼らの詩を永遠に詠い上げながら広大な平原を横切っていくのだ。

私が斧を振り上げて私の犬を追いかけたのは、この高揚感のせいだったという気がする。私はボブ・カーン（というのが犬の名前だ。今にも泣き出しそうに見えるくらい悲しげな目をした犬だった）を殺したことで裁判にはかけられなかったけれど、彼は私の関心をいちばん強く引きつけたばかりではなく、私は彼をほかの誰よりも深く愛していたのだ。私が彼に対しておこなった感情の修正と変化は、疑いの余地なく、人々に対して私が抑圧してきたすべてのものの要約であった。彼はあまりにも素晴らしかったので、私は彼を天使に変えたのだ。彼は今では神様のみもとに座っているのだと思いたい。神様は折に触れて手を伸ばし、彼の頭を撫でる。そしてボブ・カーンが尻尾をふると幾千もの細かい星がまぶしく輝く。犬のためにより良い主人を見つけてやるのがいけないことなのか？　また新しくべつの主人——彼らがだいいちに考える友情はひたすら人間のあいだのものなのだ——に仕えるという可哀想な状況を私は取り除いてやったのだ。

私は決して悪人ではない。私は秘密めかして自分を護っているように見えるかもしれない。でもそれは率直さというものが想像力に寄与するなどということを、理解できなかったからだ。私は光を投じるよりは、暗闇を具現化することを選んだ。秩序を明確にするよりは、それを押し隠すことを選んだ。私は自分の情熱の否定的な確実性とともに生きていた。私は私自身を抑制していることを日々堪能した。私の目は常に内奥に向けられていた。私がそこに見いだす風や潮や遠方の灯火は、ひとつの王国の漠たるしるしだった。その王国の山々は青き大理石であり、空は広大無辺の鏡だった。それこそが私の目指した場所だった。目を閉じると、可能性の微かなうなりが起こり、胸は狂おしいまでの期待にうち震えたものだ。私は自分の王国に向けて歩を運んだものだ。そう、今と同じように。ああ、無の近接よ、ああ、永遠性の領域に入ることを切望する言葉たちよ、私を赦してくれ。

訳者あとがき

詩人（作家）マーク・ストランドの経歴について最初に簡単に触れておきたい。

ストランドは一九三四年にカナダのプリンス・エドワード島に生まれた。プリンス・エドワード島はノヴァ・スコシア半島のすぐ近くにある島で、カナダ国内とは言っても、アメリカ合衆国との国境からは近い距離に位置している。父親がセールスマンの仕事をしていたせいで、彼は合衆国内を転々としながら少年時代、青年時代を送った。カリフォルニア州アンティアク・カレッジを卒業、エール大学で文学士号、アイオワ州立大学で文学修士号をとった。その後全米各地の大学で教鞭をとり、現在はユタ州立大学で英文学教授の地位についている。

最初は画家を志したのだが、美術を学んでいるうちに自分の才能の限界に気づき、大学で詩作に転向した。最初の詩集を出したのが一九六四年で、この *Sleeping with One Eye Open*（片目を開いたまま眠る）は話題になった。その後数々の詩集を発表し、名声を高め、一九九〇年には「合衆国桂冠詩人」の称号を受けている。戦後のアメリカの詩を語るにあたっては、マーク・ストランドの名前は欠かすことのできないものであり、「名詩選」のようなものには必ず何篇か彼の詩が含まれている。

「マーク・ストランドの特質は、的確な言葉づかいと、シュールリアルなイメージと、繰り返し現れる〈不在と欠如〉というテーマにある」と文芸人名辞典 Contemporary Authors にはあるが、これはまさに要を得た説明だろう。

またストランドは詩作以外に、児童書の著者、翻訳家としても活躍している。散文の分野にも積極的に手を染めて、「ニューヨーカー」をはじめとする様々な雑誌に短篇小説を寄稿しているが、今のところは『犬の人生』(オリジナルのタイトルは Mr. and Mrs. Baby) が唯一の彼の短篇集である。本書は一九八五年にクノップフ社からハードカバーとして刊行された。カバーにある写真を見るとなかなかのハンサムである。

マーク・ストランドはロスアンジェルス・タイムズのインタビューの中でこのように述べている。

「僕は子供のころから言葉を用いるのが大の苦手だった。まったくの話、僕が将来詩人になるかもしれないなんて言ったら、僕の家族は本当にひっくりかえってしまっただろうと思うよ」

詩人として高く評価され、のみならず（現代の詩人としてはほとんど希有な例であると言っていいのだろうが）広く一般的な人気を得たことは、ストランド自身にとってもいささかの驚きであったようだ。彼の詩の朗読会は常に超満員で、standing room only（立ち見のみ）になってしまう。詩集は――きわめて珍しいことらしいが――版を重ねさえする。彼ははにかんで言う、

「僕の詩を読んでくれるのは、だいたい僕の友だちくらいだろうと思っている。でも僕の本は僕の友だちの数よりいくぶん多く売れるんだ。だからきっとどこかに僕の読者というのが存在しているんだろうね」

＊

マーク・ストランドは長いあいだ、僕にとって何故か不思議に気になる作家の一人だった。というのは、僕の人生のいろんな時期のいろんな場所で、ストランドという存在は僕の前にすっと現れて、現れては消えていったからだ。

ストランドに関していちばんよく記憶に残っているのは、レイモンド・カーヴァーがなくなったあとで、彼のワシントン州ポート・エンジェルズの家を訪れて、一晩泊めてもら

ったときのことだ。僕は彼の書斎の机の前に座って、ぼんやりと外を眺めていた。それは彼が生前に、短篇や詩を書きながらそのあいまに眺めたのと同じ風景だった。そのときのことを僕は『象／滝への新しい小径』（レイモンド・カーヴァー全集6）の解題に書いたので、その部分を少し引用してみたい。

部屋の本棚から分厚いペーパーバックのアメリカ現代詩のアンソロジーを一冊取り出してぱらぱらとあてもなくページをめくっていると、マーク・ストランドの短い詩がふと目にとまった。どうしてたくさんある詩の中からわざわざその詩を選んで読むことになったのか、自分でもよくわからない。でもとにかくその詩は、不思議に僕の心を打った。そのときにその部屋の中で僕が心の底でもやもやと感じたまま、どうしてもうまく形にすることができずにいた気持ちを、それは驚くくらいぴったりと表していたので、僕はその全文を手帳にボールペンでメモした。こういう詩だ。

Keeping Things Whole　　　　物事を崩さぬために

In a field　　　　野原の中で

I am the absence
of field.
This is
always the case.
Wherever I am
I am what is missing.

When I walk
I part the air
and always
the air moves in
to fill the spaces
where my body's been.

We all have reasons
for moving.

僕のぶんだけ
野原が欠けている。
いつだって
そうなんだ。
どこにいても
僕はその欠けた部分。

歩いていると
僕は空気を分かつのだけれど
いつも決まって
空気がさっと動いて
僕がそれまでいた空間を
塞いでいく。

僕らはみんな動くための
理由をもっているけど

僕が動くのは
物事を崩さぬため。

I move
to keep things whole.

静かな部屋の中で、このシンプルな詩を何度か読み返しているうちに、僕はレイモンド・カーヴァーのあの巨体が野原やら空気やらから、いかにも申し訳なさそうに、大きく欠けた部分を作りだしているところをふと想像することになった。そこには猫背の大男のかたちをした欠落がある。でも今では彼はどこか別の場所に、永遠に移動していってしまった。この部屋の中にも、この世界のどこにももう、彼の作りだす欠落はない。この先二度とそれが生まれることもない。かつて彼のいた場所には、今ではただ whole が静かに存在しているだけだ。しかし僕らは彼の作りだしたそれらの欠落を、今でもはっきりと記憶しているし、それらはこれからも多くの人々によって記憶され続けることだろう。何故なら、それらの欠落は、僕らの作りだす欠落を、それらにしかできないやり方で癒してくれるからだ。

マーク・ストランドがどのような気持ちでこの詩を書いたのか、僕には正確にはわからない。でもそこには、悲しみでも諦めでも喜びでもない、透明な意思のようなものがあった。生とか死とかいう領域を超えたはっきりとした何かがそこにはあった。そしてその何かは、まさに晩年のレイ・カーヴァーがいくつかの作品の中で僕らに向かって切実に語りかけようとしていたメッセージと同質のものだった。生の中にある死、そして死の中にある生。存在と非存在の転換。

だからこそ、カーヴァーによって作られた詩ではないにもかかわらず、まるでカーヴァー自身の肉声のような響きを、その詩の中に僕は聞き取ることができたのだろう。まるで彼がそこにいて、僕に向かって例のもそもそとした声でこう語りかけているように思えた。「いいかい、僕が死んだことを不在ととって哀しんだりしないでくれ。そんなことは必要じゃないんだ。むしろ僕が野原の中にいるときには、僕の方が野原の不在だったんだ。僕が物事を崩していたんだ。わかるだろう?」

その何年かあとでマイケル・ギルモアの『心臓を貫かれて』を訳したときにも、たまたまストランドの詩「死者」が扉の部分に引用されていた。これもなかなか素晴らしい詩だった。

墓穴はより深くなっていく。
夜ごとに死者たちはより死んでいく。

楡の木の下で、落ち葉の雨の下で
墓穴はより深くなっていく。

風の暗黒のひだが
大地を覆う。夜は冷たい。

枯れ葉は石に吹き寄せられる。
夜ごとに死者たちはより死んでいく。
星もない暗黒は彼らを抱きしめる。
彼らの顔は薄れていく。
僕らは彼らを、はっきりと
思い出せない。もう二度と。

ストランドの詩は、使われている言葉そのものは決して難解ではないのだが、彼の伝えたい総体的なイメージ（それは確固としてそこにある）を正確につかみ取ることは、そんなに簡単ではない。言葉が簡単だからこそ逆にむずかしいと言えるかもしれない。それは詩でも小説でも同じことだった。そのような意味あいにおいて、翻訳をするにあたっては、ずいぶん苦労させられたところもあった。でもいちばん大事なのは、立ち止まらずにとにかく流れ（flow）に乗ることなのだと、途中からだんだんわかってきた。立ち止まってイメージの静止的細部に拘泥していると、全体像が摑めなくなってくる。数学の数列の問題を解くときのように、ひとつのイメージともうひとつのイメージの差異をつかみ、その差異の差異性をチャートしていくことによって、彼の文章の持つ自然な流れによじ登っていく、というのがいちばん正確な表現かもしれない。

僕がこの短篇集『犬の人生』の原書をみつけたのは、ニュージャージーとペンシルヴェニアの州境にある小さな田舎町の古本屋だった。恐ろしく平和だが、同時に恐ろしく退屈でもあるプリンストンでの生活を抜け出すために、僕はときどき車を飛ばしてこの町まで行って、レストランで魚料理を食べ、川縁を散歩し、時間をかけて面白そうな古本を探した。それが当時の（長篇小説の執筆に没頭している）僕にとってのささやかなレクリエーションだった。

そのときにふとマーク・ストランドの名前を fiction の棚に見つけた。僕はストランドが短篇小説を書いていることを知らなかったし、初版本のわりに値段もかなり安かったので、「これは珍しい」と思ってとにかくすぐに購入した。この書店では（小さなほこりっぽい書店なのだが）ほかにもなかなか興味深い、役に立つ貴重な本を何冊か見つけた。

ひとことで言えば、この短篇集に収められた作品はどれをとっても「ちょっと変な」ものである。「ちょっと変な」を越えて、「なんのこっちゃ」というのもいくつかある。正確な意味では短篇小説とは言えないのかもしれない。short story というよりはむしろ prose narrative（散文的語り）と呼んだ方が雰囲気としては近いような気がする。というのは、ここでは「物語性」よりは「語り口」の方がより大きな意味を持っているように感じられるからだ。一見して寓意のようにとられる要素が多く含まれているようだが、それらの多くは計算された寓意というよりはむしろ、前にも述べたようにきわめて自発的な「イメージの羅列」に近いのではあるまいかと僕は考えている。

たとえば「大統領の辞任」における、気象マニアの大統領の辞任演説にしても、そこにどのような具体的な意味なり、作者のメッセージを求めるかよりは、「気象マニアの大統領」という（けったいな）存在が、どれくらい説得力のあるイメージを僕らの中に喚起するかということの方が、遥かに重要な意味を持っているように僕には思える。つまり、僕らがその「お話」によって実際にどれくらいの心的な移動を受けるかという、一種フィジカルなダイナミズムが、この人の「短篇小説」の要点なのではないかと考えるのだ。それは——おそらく言うまでもないことかもしれないが——詩の作用によく似ている。

ストランド自身あるインタビューの中で、きわめてそれに近い意味のことを語っている。「詩というものは、とても素早く移動するんだ。A点からB点へ、そしてC点へD点へと。あなたは時間を抜けて移動しているような感覚を持つ。それだけではなく、あなたはそれらを結びあわせる拡張された空間を越えて移動しているんだ」

そういう意味あいにおいて、僕は一人の散文作家として、この短篇集の中に収められた多くの多くの作品に感心することになった。専門的な小説家にはなかなかここまで思い切った小説の書き方はできない。こういうものを実際に自分の作品として書きたいかどうかは、また別の問題として。読者の皆さんがこれらの作品を読んで、どのようにお感じになるか、興味深いところである。

あるいは「いささか自己耽溺的すぎるんじゃないか」と思われる方もおられるかもしれない。もちろんそういうきらいもなくはない。（ところで、自己耽溺的な文章を書かない詩人がどこの世界にいる?）しかしひとつだけ理解していただきたいのは、ストランドの文章には安易なごまかしはないということだ。彼の言葉はときどき突拍子もなく見えるけれど、それはよく読みこんでみるとオフビート的に的確か、あるいは馬鹿正直かのどちらかであることがわかる。そういう意味ではストランドという人は、きわめてストレートで誠実だということもできると思う。僕の翻訳もできるだけそういう部分をわかりやすく出そうと心がけたのだが、うまくいったかと訊かれると、正直言ってあまり自信はない。

参考のために『犬の人生』刊行時の、アメリカにおける書評の抜粋をいくつか並べてみたい。

「ストランドは彼の詩の優れた特質の多くを散文小説の中に持ち込んでいる。ストランドの小説の中に人が期待するのは、彼の詩の中に見受けられる、混じりけないまでに精錬された口数の少ない言語であり、繊細さであるかもしれないが、この作品集はその期待に実に見事にこたえている」（シカゴ・トリビューン）

ニューヨーク・タイムズ・ブックレビューのミチコ・カクタニは次のように辛口に評論

している（見当違いの聡明さという彼女の救いがたい資質は、ここでも見事に証明されている）。

「これらの小説は、根を欠いた異物性の奇妙で、シュールリアリスティックなスケッチである。それらはあまりにも軽く、あまりにも仮説的であり、今にもふっと蒸発してしまいそうに見える。ストランドの作品の登場人物は全員がストランド自身のようであり、あまりにも死と影の妄想に取り込まれているので、死が私たちの存在をすっぽりと覆ってしまうことになる。そして彼らは日々の生活の喜びや痛みを味わう余裕すら持つことがない」

「『犬の人生』の最大の魅力は、その謎めいたところや、コミカルなヴィジョンや、あるいはまた現代に生きる男性のあわれな姿にあるのではなく、むしろ文章そのものの中にある。ほとんどどのページを開いても、読者はストランドの言語に魅せられることだろう。そのきらめくばかりのフレーズの展開には、まさに詩の趣がある」（ヴィレッジ・ヴォイス）

「インテリジェントで、優しく、そして夜の闇のように深い、奇妙な味の短篇集」というのが、この本についての僕の評である。

一九九八年九月　　村上春樹

『犬の人生』一九九八年十月　中央公論社刊

中公文庫

犬《いぬ》の人生《じんせい》

2001年11月25日　初版発行
2017年10月20日　6刷発行

著　者　マーク・ストランド

訳　者　村《むら》上《かみ》春《はる》樹《き》

発行者　大橋 善光

発行所　中央公論新社
〒100-8152　東京都千代田区大手町1-7-1
電話　販売 03-5299-1730　編集 03-5299-1890
URL http://www.chuko.co.jp/

印　刷　三晃印刷
製　本　小泉製本

Published by CHUOKORON-SHINSHA, INC.
Printed in Japan　ISBN4-12-203928-2 C1197

中公文庫既刊より

各書目の下段の数字はISBNコードです。978－4－12が省略してあります。

む-4-3
中国行きのスロウ・ボート
村上　春樹
1983年——友よ、ぼくらは時代の唄に出会う。中国人とのふとした出会いを通して青春の追憶と内なる魂の旅を描く表題作他六篇。著者初の短篇集。
202840-1

む-4-4
使いみちのない風景
村上春樹 文
稲越功一 写真
ふと甦る鮮烈な風景、その使いみちを僕らは知らない——作家と写真家が紡ぐ失われた風景の束の間の記憶。文庫版新収録の2エッセイ、カラー写真58点。
203210-1

む-4-11
恋しくて TEN SELECTED LOVE STORIES
村上春樹 編訳
恋する心はこんなにもカラフル。海外作家のラブ・ストーリー＋本書のための自作の短編小説「恋するザムザ」を収録。各作品に恋愛甘苦度表示付。
206289-4

む-4-9
Carver's Dozen レイモンド・カーヴァー傑作選
カーヴァー
村上春樹 編訳
レイモンド・カーヴァーの全作品の中から、偏愛する短篇、エッセイ、詩12篇を新たに訳し直した〝村上版ベスト・セレクション〟。作品解説・年譜付。
202957-6

い-3-5
ジョン・レノン ラスト・インタビュー
池澤　夏樹 訳
死の二日前、ジョンがヨーコと語り尽くした魂のメッセージ。二人の出会い、ビートルズのこと、至福に満ちた私的生活、再開した音楽活動のことなど。
203809-7

い-87-4
夜の果てへの旅（上）
セリーヌ
生田耕作 訳
全世界の欺瞞を呪詛し、その糾弾に生涯を賭け各地を遍歴し、ついに絶望的な闘いに傷つき倒れた〈呪われた作家〉セリーヌの自伝的小説。一部改訳の決定版。
204304-6

い-87-5
夜の果てへの旅（下）
セリーヌ
生田耕作 訳
人生嫌悪の果てしない旅を続ける主人公の痛ましい人間性を描き、「かつて人間の口から放たれた最も激烈な、最も忍び難い叫び」と評される現代文学の傑作。
204305-3

ク-1-1
地下鉄のザジ
レーモン・クノー
生田耕作 訳
地下鉄に乗ることを楽しみにパリにやって来た田舎少女ザジは、あいにくの地下鉄ストで奇妙な体験をする――。現代文学に新たな地平をひらいた名作。
200136-7

チ-1-2
園芸家12カ月
カレル・チャペック
小松太郎 訳
軽妙なユーモアで読む人の心に花々を咲かせて、園芸に興味のない人を園芸マニアに陥らせ、園芸マニアをますます重症にしてしまう、無類に愉快な本。
202563-9

テ-4-1
自殺論
デュルケーム
宮島 喬 訳
自殺の諸相を考察し、アノミー、生の意味喪失、疎外など、現代社会における個人の存在の危機をいち早く指摘した、社会学の古典的名著の完訳決定版。
201256-1

ノ-1-1
愛しすぎる女たち
ロビン・ノーウッド
落合恵子 訳
あなたは、愛しすぎてはいませんか？「愛しすぎ中毒」を克服し、対等な愛の関係を取り戻すために。女性のための、生き方を変える本。
203629-1

ハ-6-1
チャリング・クロス街84番地
書物を愛する人のための本
ヘレーン・ハンフ 編著
江藤 淳 訳
ロンドンの古書店とアメリカの一女性との二十年にわたる心温まる交流――書物を読む喜びと思いやりに満ちた爽やかな一冊を真に書物を愛する人に贈る。
201163-2

フ-10-1
ヨーロッパ諸学の危機と超越論的現象学
E・フッサール
細谷恒夫
木田 元 訳
著者がその最晩年、ナチス非合理主義の嵐が吹きすさぶなか、近代ヨーロッパ文化形成の歴史全体への批判として秘かに書き継いだ現象学的哲学の総決算。
202339-0

モ-1-2
ユートピア
トマス・モア
澤田昭夫 訳
十六世紀の大ヒューマニストが人間の幸福な生き方と平和な社会のあり方を省察し、理想を求め続ける全ての人々に訴えかける古典の原典からの完訳。
201991-1

オ-1-2
マンスフィールド・パーク
オースティン
大島一彦 訳
貧しさゆえに蔑まれて生きてきた少女が、幸せな結婚をつかむまでの物語。作者は優しさと機知に富む一方、鋭い人間観察眼で容赦なく俗物を描く。
204616-0

各書目の下段の数字はISBNコードです。978-4-12が省略してあります。

オ-1-3
エマ
オースティン
阿部知二 訳
年若く美貌で才気にとむエマは恋のキューピッドをきどるが、他人の恋も自分の恋もままならない——「完璧な小説家」の代表作であり最高傑作。〈解説〉阿部知二
204643-6

ウ-6-3
アウトサイダー（上）
コリン・ウィルソン
中村保男 訳
ヘミングウェイ、サルトル、ニーチェら「アウトサイダー」を通して、現代人特有の病とその脱出法を探求し、全世界で話題を呼んだ著者25歳の処女作。
205738-8

ウ-6-4
アウトサイダー（下）
コリン・ウィルソン
中村保男 訳
「アウトサイダー」たちを通して、現代人特有の病とその脱出法を探求した名著。下巻ではドストエフスキーの登場人物、アラビアのロレンスらを分析。
205739-5

よ-25-1
TUGUMI
吉本ばなな
病弱で生意気な美少女つぐみと海辺の故郷で過した最後の日々。二度とかえらない少女たちの輝かしい季節を描く切なく透明な物語。〈解説〉安原　顯
201883-9

よ-25-2
ハチ公の最後の恋人
吉本ばなな
祖母の予言通りに、インドから来た青年ハチと出会った私は、彼の「最後の恋人」になった……。約束された至高の恋。求め合う魂の邂逅を描く愛の物語。
203207-1

よ-25-3
ハネムーン
吉本ばなな
世界が私たちに恋をした——。別に一緒に暮らさなくても、二人がいる所はどこでも家だ……互いにしか癒せない孤独を抱えて歩き始めた恋人たちの物語。
203676-5

よ-25-4
海のふた
よしもとばなな
ふるさと西伊豆の小さな町は海も山も人もさびれてしまっていた。私はささやかな想いと夢を胸に大好きなかき氷屋を始めたが……。名嘉睦稔のカラー版画収録。
204697-9

よ-25-5
サウスポイント
よしもとばなな
初恋の少年に送った手紙の一節が、時を超えて私の耳に届いた。〈世界の果て〉で出会ったのは……。ハワイ島を舞台に、奇跡のような恋と魂の輝きを描いた物語。
205462-2